朝ごはんと俳句365日

船団の会 編

人文書院

はじめに

坪内稔典

朝ごはんの豊かな暮らし、それは幸せな暮らしなのだ。

右はこの本『朝ごはんと俳句　365日』を編み終えたときの率直な感想である。大好きなコーヒーが馥郁《ふくいく》と香るような思い、と言ってもよい。

かつて朝ごはんは貧しかった。ご飯（米や麦など）とみそ汁に香の物という時代が長く続いていた。時代劇などの商家の朝ごはんでは、丁稚などがそそくさと食べ、会話を楽しむなどということがない。

現代でも、学生とか勤め人はそそくさと食べているのではないか。あるいは、コーヒーだけですませている？　私も退職するまでは朝ごはんに気がまわらなかった。朝ごはんどころではなく、せっかく妻がこしらえてくれた朝ごはんも、ちょっとつまむだけで家を飛び出していた。

ちなみに、朝ごはんを楽しむようになってから、妻はヒヤマさんになった。ヒヤマは彼女のペンネームである。今では家の内外でヒヤマと呼んでいるので、時々、二人はどういう関係ですか、と真顔で尋ねられることがある。

余談に及んだが、私は今、もっぱらヒヤマさんとの朝ごはん。午前六時半から一時間くらい、テレビを見たり新聞を読んだりしながら食べる。政治を論じたり、話題の事件をめぐって感想を言い合うこともある。ヒヤマさんは父親譲りで、社会や政治に一言申すというか、自説を述べる。なかなかの批評家ぶりを発揮するので、私は時に、あっ、お父さんそっくり、などと冷やかす。

わが家の朝ごはんでは、パンを焼くこととコーヒーをいれるのはいつの間にか私の役割になっている。もっとも、パンを焼くとはいっても、トースターに入れてスイッチを押すだけだが。最近、食べ終った後の食器を自分で台所まで運ぶようになった。まれに食器を洗うが、水を飛ばすし、洗い残しがあったりする。それで、ヒヤマさんは、運ぶだけでいいよ、ついでにテーブルの下のパン屑を拾ったら、と言う。パン屑をこぼす癖があるのだ。

朝ごはんの後、ヒヤマさんはテレビタイム。朝の連続ドラマをいくつか見る。私はベッドに横になって小一時間眠る。昼寝にしてはちょっと時間が早すぎるが、でもまあ昼寝、第一回目の昼寝だ。この後、もし外出したらバスや電車のなかでうとうとするし、句会に出たとしたら、途中できまって舟をこいでいる。日になんども昼寝をするのは退職老人の特権、と私は思っているのだ。

実は、私は早寝早起きである。だいたい午前三時前後に起きる。起きるとコーヒーか煎茶をいれ、パソコンを起動する。朝ごはんまでの時間が私の仕事タイムなのだ。

つまり、仕事の後に朝ごはんがやってくる。仕事がうまく片付いたときには朝ごはんがことにうまい。

さて、『朝ごはんと俳句　365日』だが、この本には二〇一七年五月から二〇一八年四月に及ぶ一年間の朝ごはんが記録されている。記録したのは俳句グループ「船団の会」の会員たちである。川嶋健佑、加藤綾那という二〇代の会員もいるが、多くは中・高年の男女であり、圧倒的に退職組が多い。

退職組は夫と妻の二人だけ、あるいはどちらか一方だけだが、たいていがたっぷりと時間をかけて朝ごはんをとっている。一日の中心が朝ごはんにある、と見てもよいだろう。もちろん、介護施設などに入所していて、自分では朝食の用意ができない人々もいる。それに、若い世代は今なお朝ごはんどころではないのが実情だ。その若い人たちはむしろ夕食というか、仕事の後の居酒屋などを楽しんでいる。朝ごはんを楽しむのは、二一世紀当初の日本の老人文化なのかもしれない。

ともあれ、この本には朝の楽しさが詰まっている。俳人たちの書きとめた朝食なので、毎日、俳句も添えている。その俳句、朝ごはんのテーブルに活けた草花みたいなものだ。

目次

秋 105

冬 155

各扉写真：渡部ひとみ

春

2月

3月

4月

お隣りの雉

鶴濱節子

五時に目が覚め、窓を開けると朝日がきらきらとして清々しい。これから朝の散歩に行くのだが、「今朝はおむすびを作って丘のベンチで食べない？」と夫に声をかけると新聞を読みながら、「それでもいいよ」と返事が返ってきた。私は急いでお弁当を作り、六時に家を出ると、お隣の大阪大学箕面キャンパスの横の空き地では、いつもの雉が鳴き出した。ライラックやツツジが競い合って咲いている歩道と坂道を一五分程歩くと、彩都なないろ公園に着く。ドッグランでは、大小の犬たちが数匹嬉しそうに走り回っている。「楽しそうだね～おはよう」とワンちゃんたちに声をかけながら、さらに階段を上り一番高い展望広場についた。ここは大阪平野を一望できる大パノラマで、大阪の高層ビル群の先に「あべのハルカス」もよく見える。一昨日の雨で空気が澄んでいるのか今朝は金剛山、葛城山、生駒山、奈良の奥の山々までもくっきりと見える。

さて、まずは深呼吸をして、パノラマを見ながらベンチで朝ごはんだ。おむすびが四個、小ぶりの二つは私のだ。おむすびには、紀州南高梅と焼いた辛子明太子を入れて、食べる胡麻のしょう油味を振っただけの海苔巻だ。おかずは卵四個で作った卵焼きと生姜と瓜の味噌漬け。この味噌漬けは同級生お手製の物で、胡瓜《きゅうり》、人参、茗荷、生姜、瓜、ゴーヤ、茎若布などを漬け込み絶品である。

ウグイスの澄んだ声やホトトギスの微かな声、テリトリーを持つ雉の鳴き声も四ヶ所ぐらいから聞こえて来る。苺をつまみ、知覧の深蒸し茶を飲みながら、「たまにはこんな朝ごはんもいいね」と夫。「おかずは何もなかったけど、美味しかったね」と私。

夫と私は習慣になったストレッチをそれぞれ好き勝手にしていると、若い親子連れが上って来られ、男の子が私の傍に来て真似をしだしたので、親御さんに軽く会釈をしてから「上手だね〜。僕は何歳?」と聞くと「四歳」と元気良く答えてくれた。「さようなら」と言って、私たちが歩き始めた時に近くで「ケッケーン」と雉の雄が独特の高い声で鳴いた。「パパ、今の声はなあに?」「お腹すいた。おむすび!」と男の子ははしゃいでいた。

空を見上げると青空で雲雀が鳴いて遊んでいる。〈揚雲雀空の青さを踏み外し〉という自分の句を口遊《くちずさ》みつつ帰宅し、万歩計を見ると七八五七歩。私が熱帯魚とメダカに餌をやっている間に、夫がコーヒーを淹《い》れてくれた。今日の豆はモカ・マタリ。いい香りだ。

あっ、お隣の大阪大学のキャンパスで雉のケンタロウが鳴いた。

2月1日　碧悟桐忌

今日の季語　如月《きさらぎ》

タコライス。ミートソーススパゲッティを食べた翌朝の我が家の定番である。ご飯の上にのせるのは、前夜に残ったソースの他に、千切りのレタス、プチトマト、チーズ。あとトルティーヤチップスを砕いたもの。大人はチリパウダーをかける。スパゲッティを食べている時から、翌朝のタコライスが楽しみだ。そういえば、子供の頃、母がケーキを作ってくれた翌朝に、食パンに余った生クリームをつけて食べるのが好きだった。少し先の、少しの楽しみを思うことは、幸せなことだと思う。

（静岡・杉山聡）

如月とタコの代わりに入れるモノ

2月2日　夫婦の日

今日の季語　冬木の芽

昨日より少し暖かい。東京は連日大雪のようだ。スーパーで一番大きなバナナは歯ごたえがいい。コーヒーメーカーをオンにして、台所の流しのへりにつかまりスクワット。腰痛である。カスピ海ヨーグルトに蜂蜜をスプーン一杯。パンを焼こうとトースターを開けると…。こんがりときつね色のハーフサイズのパン。ひんやりとした昨日の一枚。少しの間、記憶が行ったり来たり。いつもなら出がけにリンゴを切ってくれる妻は新聞を一心に読んでいる。テーブルのポンカンの皮をむいて口に放り込む。

（大阪・鈴木ひさし）

龍の息聞こえたような冬木の芽

2月3日　節分

今日の季語　豆まき

ジィちゃん犬なので冬の散歩は日が昇ってから行く。それに今日は土曜日。少し余裕の朝ごはん。

コップ一杯の水。砂糖抜きのエッグノッグ。山椒のタプナードで炒めたちりめんじゃこと春キャベツ。ハムとキャベツのサラダ。ピスタチオ入りのパン半分。明太フランス八分の一。愛媛県宇和島市玉津の完熟ポンカン一個。友人が生産者さんから直接送ってくれたものだ。今日は節分だが、鰯は食べない。親はありがたい。「何も高い時に食べなくても」と言ってくれる。（大阪・鈴木みのり）

豆まきの鬼も来ている朝ごはん

2月4日　立春

今日の季語　春来る

月に一度の町内会の廃品回収の日。起床後すぐ用意してあった新聞四紙＋パラパラ送られたもの、雑誌、段ボール、古着などを集積所へ運ぶ。今朝はひときわ寒いのに雑誌の紐掛けが緩くて荷崩れ。見かねたお隣さんが「毎月、大変だねぇ」と手伝ってくださる。

連れ合いが松山へ行って留守なので一人の朝食だ。コーンパン、ゆで卵、干し柿とキウイフルーツ（共に戴き物）、バナナ、南瓜の種入りシリアルの上にプレーンヨーグルトをたっぷりとかけ、牛乳、コーヒーを新聞とテレビを見ながらゆっくり食べた。（大阪・陽山道子）

春来る物種みんな食べちゃうぞ

2月5日　長崎二六聖人殉教の日

今日の季語　雪崩《なだれ》

　六時に起き家の前の道路を掃く。六時三〇分にラジオ体操。四〇分からABCラジオの「おはようパーソナリティ・道上洋三です」を聴く。早喰いなのでゆっくりりとと思いながら朝ごはん。

　バナナ。納豆にがごめ昆布とオリーブ油を入れたインスタントの味噌汁。昨夜の具だくさんの雑炊。赤かぶの酢の物。ヨーグルトにキウイ。レモンのはちみつ漬け二枚、そして八朔柑。そうそう、がごめ昆布はすごーく粘りがある。

（大阪・平きみえ）

青天の雪崩モーロクの雪崩よ

2月6日　海苔《のり》の日

今日の季語　公魚《わかさぎ》

　描き終えたばかりの絵を、たくさん見られる日。早めに美大へ出勤して、若者の作品からエネルギーを貰うはずだったのに、なんと早起きに失敗。お湯を沸かす間にヨーグルトを食べ、ごはんを掻き込む。「ぶっかけおかず生姜」に感謝。

　わが家には受験生がいて、ヨーグルトと緑茶と生姜を積極的に摂っている。いわば、この冬の三点セットが揃った形だ。大丈夫。インフルエンザにも罹らないし、どこへ行っても生きていけるはず。寝たきり浪人よ、目覚めよ。そして歩き出せ。

（京都・高田留美）

さくさくと公魚どの道も明日へ

2月7日　初午《はつうま》

今日の季語　野焼《のやき》

賞味期限が二日前に通り過ぎていった無糖のヨーグルト。あちらが決めた数字の支配に屈せず、いつも通りの味だと言い聞かせていただく。それに加えて田舎の母が「ヨソからの戴き物」と送ってくれた「燻《いぶ》りがっこ」を使ったお茶漬。刻んだ「がっこ」を炊いたご飯の上にパラパラとのせる。更にその上から刻み海苔を振りかけ、お茶を注ぐ。何かのレシピサイトで見かけたお茶漬だが、呑み過ぎた翌日などには、不動の朝食として、呑み過ぎの反省も噛み締めながら鼻に抜けるほろ苦い風味を楽しんでいる。

（京都・高橋卓久真）

夕暮れのキリンに見える野焼かな

2月8日　針供養

今日の季語　鰆《さわら》

白湯一杯。プロテインバー一本。ここのところ、朝一番に口にするのは白湯と決めている。ちなみに寝る前にも白湯を一杯。体は水でできていると実感する一瞬。ああ、私って意識高い。プロテインバーは朝から口中の水分を奪うかのようにモソモソするが、これも筋肉のため。キッチンに立ったまま食べられるのもよい。体が人工的な何かでできあがっていく。ああ、どこに向かうのだ私。そんな疑問は浮かばなかったことにして、荷物を詰めて朝の筋トレに行く。大胸筋がちょっと痛いのが、むしろ嬉しい。

（静岡・滝浪貴史）

さわら焼くひらがな表記の優しさで

2月9日　福の日

今日の季語　早春

二月九日は二と九で福の日。春風の吹く日でもある。そのせいか、庭に木瓜が咲き出した。なぜだか、その赤き花に昨年八月終わりに他界した母の命の息吹を観取した。

それで、今朝は、食パンの縁を取り、マヨネーズを塗ったところにキュウリやソーセージを巻き込んだカッパ巻きふうのサンドイッチを食卓に供することにする。これは、少年の僕が母にねだって特別に作ってくれた、とってもハイカラな早春の一品なのである。

（兵庫・田中俊弥）

早春の精霊母は木瓜《もっか》たり

2月10日　ふとんの日

今日の季語　ヒヤシンス

昨夜サランラップに包んでおいたお握り二つ。黒ゴマ付き。これも夕べ、新聞のレシピを見ながら作ってみた春菊の酸辣湯《サンラータン》の残りを温める。春菊と水菜は新しく投入。調味料はあるもので済ませたので本来の味かどうかわからないが、いけていると思う。たっぷり器に注いだ。今日は土曜日で、今治市に近い菊間町に吟行。吟行は元気でなくてはいけない。普段は夜更しだが、昨日は日付が変わらないうちに寝た。珈琲は、きっと仲間の一人がポットで持ってきてくれるだろう。登山用の厚い靴下とタイツを履いた。

（愛媛・谷さやん）

靴は厚底花だとヒヤシンス

2月11日　建国記念日

今日の季語　余寒

ハムと野菜のサンドイッチ二切れ。ブラックコーヒー一杯。チョコレート二粒。実は、少し寝坊した。朝から出かけるので目覚ましをセットしていたのだが、とにかく寝過ごした。なので、このサンドイッチは、とりあえず出かけた途中の駅中のパン屋さんで買ったもの。しゃきしゃきのレタスたっぷりの四切れのうちの二切れ。今日の行き先の陶芸教室は、先ず皆でコーヒー、あればおやつもというのがいつもで、その折に朝ごはん。バレンタインデー直近ということで、おやつにはちょこっとチョコ。

（奈良・野本明子）

足がふと迷って余寒の角曲がる

2月12日　菜の花忌

今日の季語　猫の恋

けさは奮い立って自分でとろろ飯を作ることにした。宇治田原の山間でとれた、いびつだが取って置きの自然薯《じねんじょ》がある。ピーラーだとやせ細るのでステンの束子《たわし》で皮をむく。おろし器でおろす。擂鉢《すりばち》が欲しいが無い。だし醤油にワサビを添え、さらにちょっぴり田舎味噌を加えてとろとろに混ぜ合わせる。炊き立てのご飯にかける。本当は麦飯が一番合うのだろうが無いものは無い。食う。意識してよく噛む。素直に滋養強壮という感じがする。他には蜆の佃煮と白菜の漬物、お茶。以上。三杯食った。

（大阪・千坂希妙）

恋猫は寝てもしっぽは眠らない

2月13日　名字の日

今日の季語　猫柳

新宿花園町の三畳一間のアパートで、僕とペルシャ猫の仔猫とその飼い主の三人で暮らしていたことがある。彼女が好きだった朝食は、新鮮なレタスたっぷりの特製ツナサンド。彼女はそれを「クールキャット」と名付けていた。「ホットドッグ」を裏返しての命名だ。僕はカフェオレを作る係だった。一個のツナ缶と一壜のミルクを三人で分け合った。何とか卒業と就職のめどがついた二月、二人は出て行き戻ってこなかった。早春、猫柳の柔らかな芽吹きに出会うと無性に「クールキャット」が食べたくなる。

（埼玉・知念哲庵）

一壜のミルク分け合ふ猫柳

2月14日　バレンタインデー

今日の季語　バレンタインデー

味噌汁の具は豆腐と若布《わかめ》に白葱をたっぷり。紅麹味噌の甘みもあり美味しい。久しぶりの小豆ご飯にはもち米を少し入れて炊く。豆類は控え目の夫だが、私はいつも多目に入れる。ほうれん草の卵とじ。毎日のように出てくる小鉢の小魚には米酢をかけて食べる。沢庵と塩昆布少々。世の中では今日は特別な日。昔なら夫の鞄からも一、二箱は出てきたものだが、最近は一粒たりとも出てこない。仏前の義理チョコを二粒お相伴する。二人で食べるのはこの日だけでほとんど私が食べる。濃いめの緑茶とよく合う。

（京都・つじあきこ）

バレンタインデー友チョコ行き来して淡々

2月15日　兼好忌

今日の季語　暖か

あべかわ餅二個、牛乳入りコーヒー一杯。オーブントースターで焼いた餅を、溶かした黒砂糖につけてきな粉をまぶしたもので、福井ではこれを「あべかわ餅」と言っている。昔の話だが、正月から日が増すごとに甕の中に保存した餅の水がだんだん濁り、発酵した匂いもして手を突っ込むと恐ろしいほど冷たかった。その水餅で作るあべかわ餅が田植え時の小昼の定番。家族で賑やかに囲んだ記憶が忘れられず、餅系のものは今でも好んで食べる。団子も大福もコンビニで買えて、手軽すぎる朝食になり食生活は乱れている。

（京都・辻水音）

明色化粧水暖かき枕辺に

2月16日　西行忌

今日の季語　牡丹雪《ぼたんゆき》

昨日のおやつの残りの「あんバターフランス（小ぶりのフランスパンに餡ことバターをはさんだもの）」を夫の朝食に出すと、三分の一を残し、私に食べろと言うので食べる。夫が会社用に自分で用意した玄米ほうじ茶の残りも戴く。朝ごはんに菓子パンを食べるなどとはご法度で、お粥が体も温めてくれるしお勧めだ、とどこかの漢方薬局の店主がネットで呟いていたのを見たばかりだ。食後に「エキナセア」という免疫力アップのハーブティーを選んだのは、無意識の帳尻合わせのような気がしないでもない。

（長野・津田このみ）

牡丹雪記憶喪失ごっこする

2月17日　天使のささやきの日

今日の季語　東風《こち》

シーフードのXOソース炒め。蛸《たこ》、パクチーライムチキン（パクチーは苦手）。焼き葡萄、プチトマトなどのチコリサラダにビネグレットを添えて。リリコイバター付きのパン。デザートはアイスクリーム。リリコイバターとはパッションフルーツを原料に作った酸味が爽やかなフルーツバターのこと。ハワイではパッションフルーツをリリコイと呼ぶそうだ。これを買ってこなかったのは残念。今日の朝食は機内食である。ホノルルは一六日の午後一時だが日本は一七日の午前八時。朝だか昼だかわからない食事である。

（兵庫・土谷倫）

東風吹くや銅《あかがね》の鬼おろし金

2月18日　頭髪の日

今日の季語　梅の花

四季を通して朝はキリマンジャロのコーヒーで始まる。早起きの夫が淹《い》れてくれたのを温め直す。ミークファヤーはいただきものの抹茶カステラ。ミークファヤーとは、沖縄方言で、主に子どもの目覚ましの為の甘味のこと。朝エンジンのかかるのが遅い私に甘いお菓子は必須だ。酸味の効いたブラックコーヒーとカステラで段々目が覚めてくる。途中、中性脂肪を減らしてくれるナッツ類をひと握り。最後はじゃがいも、玉ねぎ、油揚げに卵を落としたみそ汁を啜る。はちゃめちゃな元気印の朝ごはん。

（神奈川・津波古江津）

梅の花ねじまき式の暮らしかな

2月19日　万国郵便連合加盟記念日

今日の季語　水温む

六枚切りの食パン一枚にハチミツをつけて。バナナ、キウイ、リンゴの半分を刻みオールブランと混ぜてヨーグルトを掛けたもの。ヒヤマさん特製。牛乳一杯。妻をヒヤマさんと呼ぶようになってすっかり慣れた。時々、お宅たちはどのような関係？　という顔をされるが、それもまた楽しい。もっとも、朝ご飯の際にヒヤマさんから叱られることが増えている。パン屑を落とすな、ハチミツのついた手をズボンで拭うな、落したオールブランを拾って食べるな、という調子。新聞の中へパン屑をこぼすなはほぼ毎朝。（大阪・坪内稔典）

習さんは三軒隣り水温む

2月20日　歌舞伎の日

今日の季語　風光る

朝食の準備中に雉が鳴いた。お隣の大阪大学付近からだ。今年もきたかと春を実感。

今朝はチーズトースト一枚。ブロッコリーとパプリカの温野菜。ベーコンエッグ。濃厚なトマトジュース一杯。ヨーグルトにプラム一粒。イチゴ三粒とデコポン半分。朝は夫に合わせてしっかりと食べる。食後のコーヒーはいつも夫が淹れる。豆はモカ・マタリ。

さて今日は雛人形七段を飾る予定。近くに居る娘が明日は遊びに来るのだ。一歳一〇ヶ月の孫娘は、片言で「きれい」を連発するにちがいない。（大阪・鶴濱節子）

山頂の熱きコーヒー風光る

2月21日　食糧管理法公布記念日

今日の季語　春雷

ポテトサンド、サラダ、ヨーグルトにコーヒー。行きつけのカフェのモーニングである。今朝、ふとこの「モーニング」という呼称が気になった。カフェ等に場を限っての朝食を指す「モーニング」は「朝」と訳される"morning"ではあるまい。北新地のとあるカフェでは午後五時まで「モーニング」がいただける始末だ。極めてエントロピーに富んだこの「モーニング」。どこか俳句めいて、僕の大好きな言葉だ。昨日の金子兜太さんの死去を朝刊で知る。

（大阪・寺田伸一）

春の雷君のスカシ屁洋画の屁

2月22日　猫の日

今日の季語　薄氷《うすらい》

早春のほろ苦さが、口いっぱいに広がる。昨日、芥川《あくたがわ》の堤防で見つけた蕗《ふき》のとうの葉を二、三枚豆腐の味噌汁に浮かしてみた。「蕗のとうを探しておいで」が、この時季の父の口癖だった。

父は焼いて食べるのが好きだった。私には苦くて、遠ざけてきた食材だ。そういえば仕事人間だった父と話をした記憶がない。思い出すのは、いつも苦虫を噛みつぶしたような父の顔だ。今朝、焦がした丸干しを齧りながら、久しぶりに父を思い出した。

（大阪・田彰子）

教卓の光となりて薄氷

2月23日　富士山の日

今日の季語　沈丁花《じんちょうげ》

カフェオレ、チーズトースト、いちごジャムは安価でいちごの粒が主張していないもの。これは匙での塗りやすさを優先する父の好みに合っている。目玉焼きは二月から加わった。仕事先が変わり、六時起床、七時にバスに乗るようになったためだ。時には前夜のおかずを昼食用に詰めながらトーストをかじっている。とろりとあたたかい目玉焼きの黄身は最後に頬張る。しあわせに卵が消える、その時間は短いが、飲み下ろして独り家を出る。

（奈良・東野まり）

沈丁花白粉《おしろい》匂う古書を継ぐ

2月24日　不器男《ふきお》忌

今日の季語　犬ふぐり

フルーツ入りのシリアルに牛乳を少々。ヨーグルトには蜂蜜、これまた少々。レタス、胡瓜《きゅうり》、アボカドのサラダ。さっと手作りのドレッシングをかける。マヨネーズに擦り下ろした玉葱、オリーブ油、レモン汁、最後に僅かのケチャップを入れると完成。このドレッシングはアボカドとの相性が良い。トマトとキャベツのスープ。これまたさっと手作りのもの。簡単で美味しいので気に入っている。そして半熟の卵。さっと手作りのスピードは唯一の自慢かも。午後からは骨折した腕のリハビリに行く予定。

（東京・鳥居真里子）

わたくしの風の一瞬犬ふぐり

2月25日　茂吉忌

今日の季語　桜貝

トースト六枚切り一枚、ヨーグルトメープルシロップがけ、苺四粒、玉葱のサラダ少量、コーヒーに牛乳少量入り。いつもの「アンデルセン」のイギリスパンをトースト。マーガリンは使わないようにしているが、バターは塗りやすいものがなくパンの上にのせて焼く。苺は「あまおう」がセールで安かった。苺がブランド化してお高いので困る。サラダは昨日クロスバイクの練習に木津川までお弁当を持って行った残り。ひとり娘が明後日、帝王切開で二人目出産予定。初めての二人目で緊張している。

（京都・中井保江）

桜貝分娩室の水際に

2月26日　風呂の日

今日の季語　蕗《ふき》の薹《とう》

ご飯一膳。あさりの味噌汁一杯。ハムエッグ（卵一個、ハム一枚）。付合せにミニトマトとブロッコリー。ミニトマトは、えひめ今治産の「こえど」という銘柄のものが甘くておいしい。菜の花のお浸し。お茶一杯。伊予柑ゼリー一個。食後にコーヒー一杯。この季節、苦味のあるものが欲しくなる。それで菜の花が毎日のように食卓にのぼる。緑と黄のコントラストが春の気分だ。伊予柑は戴き物が多いので、その都度皮をむいて実を取り出しておく。手もテーブルも果汁まみれになるが、そんな時間が楽しい。

（愛媛・中居由美）

蕗の薹膝にひろげる設計図

2月27日　血液センター開業記念日

今日の季語　芹《せり》

昨日で平昌オリンピックも終わり、久しぶりに静かで虚脱感の朝。今朝はじっくりと朝食を味わった。卵焼き、納豆、ワカメの赤だし、沢庵まではいつもと同じ。いつももう一品付けるが、今日はこれに博多の知人直送の明太子がおまけに付いた。熱々のご飯に実によく合う。寒いときは特に湯気を吹きながら。そうだ、今夜は熱燗の湯気を吹きながら明太子を味わおう。朝食前のコーヒーと朝食後の緑茶も美味しいが、やはりこれらの楽しみも寒さの中で湯気が伴ってのことと、どうでもよいことに納得する。

（愛知・中島憲一）

腹の中一掃すべく芹一把

2月28日　利休忌

今日の季語　春一番

妹が作ったじゃがいも、キャベツ、人参のサラダ。卵サンド三切れ。チーズ一個。バナナ二分の一本。元気のもとチョコ一個。ブレンドコーヒーとルイボスティーは毎日欠かさない。妹夫婦は両親の家を継いで、新潟の良寛終焉の地で晴耕雨読の生活をし、豪雪の冬は京都で過すのでにぎやかだ。同居の姪は早朝に出勤するので、いつもは一人だが今は妹夫婦と一緒に食事している。「ごちそうさまでした」と素早くサンド二切れをラップに包み、丁寧に紙袋の中へ。それを持って私はB大学へ急いで行く。

（京都・長沼佐智）

知ちゃんの通った道よ春一番

3月1日　マーチの日

今日の季語　弥生《やよい》

年中、朝はパン。好みのパン工房数軒を三日毎に各種調達する人がいて助かる。弥生は煮野菜より生の青物が食べたくなるのは例年のこと。三〇年以上も馴染の農家より露を抱いて今朝届いた野菜の中から、水菜とサニーレタスをちぎって納豆の上に。パン係は納豆が×なので残りの豆腐を使う。そこへ緑色のバージンオリーブオイルをたらし、サラダエレガンスをぱっぱ。チーズと伊予柑。今朝の紅茶は素直に春摘みダージリン。ＣＤのタイトルはPiano Cascades。目の前の雑木林もごちそう！

（京都・梨地ことこ）

弥生だものバージンオリーブ油を垂らす

3月2日　ミニチュアの日

今日の季語　冴返《さえかえ》る

今日の朝食はビジネスホテルのボックスタイプの軽食、フロントで受け取って部屋で食べる。レタスとハムが挟まれたシンプルなサンドイッチにスープとコーヒーがついている。それに、昨夜ホテル近くのお店で買い求めておいた苺大粒五個入り一パックとヨーグルト一カップ。喫茶店のモーニングセットと同等レベルか。いや、テレビを見ながらゆっくりと食べられるだけ上等かもしれない。昨日は非常勤の仕事で一年振りの上京。フリータイムの今日は、東京の句友達と神田錦町の学士会館でランチ句会。

（兵庫・南北佳昭）

北埠頭海のキリンの冴返る

3月3日　耳の日

今日の季語　雛祭《ひなまつり》

人参ジュース二〇〇cc（人参一本約二〇〇g、リンゴ一個、レモン一個をジューサーにかけて、でき次第飲む）。ヨーグルト（バナナ半分、抹茶少々入り）、珈琲ブラック、ホットココア各カップ一杯。ココアにはオリゴ糖をたっぷり入れて甘くする。

今日は雛祭、午後北摂句会に出席する。兼題は菱餅と顔。どんな俳句と出会えるか楽しみ。

（京都・西村亜紀子）

右側にあなたの居ない雛祭

3月4日　ミシンの日

今日の季語　下萌《したもえ》

このところモノを食べるのがやや億劫だ。それでも平日は仕事があるので何かしら口に押し込むのだが、今日は日曜日。冷蔵庫を開くと糖質制限中の夫用にチーズと卵、ソーセージ類が詰まっている。どうにも手が伸びず、そのまま閉じる。とりあえずコーヒーでもと思うが、胃がしくしくと痛む。しばらくソファでぼおっとしているとだんだん頭も痛くなってくる。最近、頭痛と胃痛は親しい友人のようだ。薬を飲むためにチーズ一欠片と冷たい牛乳を飲む。時間は一一時。これって朝ごはんと呼べるのかしらん。

（愛知・二村典子）

下萌ゆる誕生日特典いろいろ

3月5日　珊瑚の日

今日の季語　春暁

大方は一汁三菜の和食、自ら調理をしているが、カミさんの希望で稀に洋食の日がある。今日のメインはホットサンド。スモークハムととろけるスライスチーズを挟みこんがり焼く。付け合せは、ブロッコリーとスナックエンドウの温野菜とゆで卵。相方が季節のフルーツサラダを用意する。苺、林檎、キウイ、バナナを刻んでヨーグルトをたっぷりかける。少し多めのホットミルクと珈琲、こんなところで健康を維持している。やはり明日は和食にしよう。

（東京・山中正己）

春暁のどこかでチェロの音がする

3月6日　菊池寛忌

今日の季語　啓蟄《けいちつ》

日頃はパン食の我が家。たまには和食の朝も良いね。おかずは、時間もないので出来合いも含め、鶏のガーリックステーキ、厚焼き卵、きんぴらごぼうで決まり。さて、みそ汁の具は何にしようか。さっきから目の端で、まさに「芽吹いた」玉葱が「ＥＡＴ ＭＥ」と叫んでいる。芽ごと刻み、白と緑のコントラストが美しいみそ汁にする。ごはんをこんもり盛りつけて、いただきます。やっと少しは暖かい日が続くようになった。息子は「腹八分目の食事が健康に良いんだ」などと言う。洗濯終えて仕事行こう。

（東京・能城檀）

啓蟄の窓拭く順序モンドリアン

3月7日　消防記念日

今日の季語　木の芽

本業の占い師として様々な店舗に出演しているが、最も遠いのは都内を越えた横浜中華街。徒歩と電車で二時間はみておかないといけない。故に朝食はとれず、忙しさから後で昼食をとる余裕もないので、中華街に着くと同時に地下鉄のホームでおにぎり一個を頬張り、デザート？　にカカオ七〇％のチョコレートを二つ三つかじり、それを某メーカーの濁り緑茶で胃に流し込んで終了。この朝食の季節感はと問われたら「地下で栄養を蓄えて出世し始める姿こそ〝春の芽〟さ」とこちらもお茶を濁そう。（神奈川・山岸八馬星）

この歳が字引を喰べる木の芽風

3月8日　国際婦人デー

今日の季語　土筆《つくし》

先日主人が病院で糖尿病予備軍と言われ、急遽食生活を見直し改善に取りかかった。今朝もご飯はいつもの三分の一、お野菜沢山、酢の物、実沢山のみそ汁と糖質をセーブする。私達はそれを横目で見ながら糖質たっぷりのご飯を悪いなと思いながら食べる。その甲斐あって先日の検査ではヘモグロビンA1cが大分良くなったと帰って来た。良かった！　以後この食生活を維持し、野菜中心に保つよう頑張って作っている。私達も何だか少し体重が減ったような気がする。（京都・能勢京子）

糖質ゼロ土筆のひたしそっと添え

3月9日　ありがとうの日

今日の季語　春の川

炊きたてのご飯に卵入りとろろ汁をかけ茶碗一杯。前の晩に余分に作っていた白菜、大根、人参、南京《なんきん》、豆腐、若布の入った具沢山な味噌汁一杯。我が家の味噌汁は野菜摂取に結構活躍している。塩味の卵焼き四切れ。林檎二切れ。戴き物のデコポンを二分の一。緑効青汁を溶かした温牛乳コップ一杯。私だけが無職で、妻も子も職業人。そのため、平日の朝食は六時半から七時頃まで。休日は八時から九時頃まで。一週間、朝食に関してはメリハリがあって、サンデー毎日でないのが気に入っている。

（大阪・長谷川博）

ふわっふわ木舟を乗せて春の川

3月10日　砂糖の日

今日の季語　麗か

神戸トミーズのあん食パントースト一枚。サバ缶、アボカド、ブラウンマッシュルーム入りの洋風味噌汁一杯。味噌は麦味噌を使う。新玉葱、キャベツ、若布のマリネ。レーズン入りのヨーグルト。デコポン半分。コーヒー一杯。いつも朝はご飯だけど、夫の弁当を詰めたら、自分のご飯がなくなった。仕方なくパンになった次第。「あん食」は京都ではなかなか売っていないので、デパートなどで、見かけたら即、買って冷凍しておく。さあこれから仕事だ。ささやかだが、機嫌よく働けるって幸せ。

（京都・波戸辺のばら）

麗かやあん食パンの餡の渦

3月11日　東日本大震災の日

今日の季語　蛍烏賊《ほたるいか》

三月一一日の朝食もいつものグラノーラ。今日は東北大震災の日、しっかり噛みしめ、二万人近くの犠牲が出た事に哀悼の意を表し生きている事に感謝しながら食べている。温めた牛乳をかけてカット野菜を混ぜ合わせ味わうのは格別なものがある。食物繊維が六〇gで一日分採れるとの事で、普段野菜をあまり食べない私には最適なのだと自分を納得させている。糖分も少ないそうで、健康食品としてもお薦めかと思っている。食べ始めて五年、胃も腸もすこぶる快調、当分続ける予定である。

（大阪・林光太郎）

口の中味噌と蛍烏賊闘って

3月12日　二月堂お水取り

今日の季語　春の宵

トースト一枚。ジャムと納豆を載せ昨夜の残りの菜の花の和《あ》え物も散らしてみた。ジャムの赤と菜の花の緑が綺麗。味もばっちり。大きな粉、ごま、黒生姜粉を入れた牛乳。チーズと林檎半分。元々私の体温は三五度位だったが黒生姜を飲むようになって三六度台になった。以前はよく奥の歯茎が化膿したが最近はその頻度が減った。今日は早朝から出かけ昼食が遅くなるので苦手なチーズも食べた。林檎と一緒だとなんとか食べられる。昔、母がパンに納豆を載せるのがおかしかったがいつの間にか真似ている。

（滋賀・林せり）

春の宵知恩院抜けてさてどこへ

3月13日　奈良春日大社祭

今日の季語　朧《おぼろ》

今日の朝ごはんはバナナとヨーグルト。もう二、三年はこのメニューから一日が始まる。ダイエットの食事だ。ヨーグルトは便秘対策。バナナはもちろん、わが家の八百屋で売っているものだ。伯父は本当においしいものしか仕入れないので、バナナは一年を通して甘く、とてもおいしい。

バナナを季語にして一句ひねろうかと思ったが、一句もできずに食べ終わってしまった。バナナを毎日食べて、痩せて俳句がどんどんできればいいのだが。現実は厳しいものだ。

（京都・林田麻裕）

朧の夜極楽橋でさようなら

3月14日　ホワイトデー

今日の季語　亀鳴く

今日は白ご飯がないので、ライ麦の黒い食パンをバターでトーストして、上にたくあんを載せて食べた。なかなかいける。時間がある朝はさらに半熟の目玉焼きを載せる。それと、昨日の残り物の鶏肉、シメジ、ニンジン、インゲンを炒めたもの。飲み物は、豆乳と野菜ジュース。最近朝の電車を一本遅くしたので、前後して歩いていた若いＯＬを見かけることはなくなった。代わりに白い子犬の散歩中の、品のよい中年の女性とよくすれ違う。ヒバリの鳴き声がしたような。

（兵庫・早瀬淳一）

亀鳴くや老眼鏡の度が進む

3月15日　京都嵯峨釈迦堂お松明

今日の季語　鳥帰る

温かい白米を、やっと形をなすくらいにやわらかくむすんで小さめのおむすびに。表面に味噌をすっとひと塗り。もうひとつむすんでゆかりをぱらり。どちらも祖母がよくこしらえてくれたもの。私のは、そのまねっこ（祖母のは、ゆかりも手作りで赤紫蘇のかおりが鮮烈だった）。食欲の無い日にもよし（実は酒のアテにもよろしい）。熱いほうじ茶を一杯。「王林」という種類の林檎をひと切れ。この林檎は幼い頃の息子の好物。いまだに見かけると、ついマーケットのカゴに入れてしまう条件反射的果実。

（東京・原ゆき）

制服に掛けるビニール鳥帰る

3月16日　国立公園指定記念日

今日の季語　蝶

食パンにマーガリンを塗り、手作りのりんご煮を数片載せ、その隙間にマーマレードを少し垂らした「りんご煮食パン」を一枚。飲み物に、今日はティーロワイヤルを作ることにした。大きめのスプーンに砂糖を掬い、その上にブランデーを注ぎ、火を付けてアルコール分を飛ばす。青白い炎が消え、紅茶に入れると、ティーロワイヤルは出来上がり。ブランデーの香りを楽しみながらりんご煮食パンを頬張るのは至福のひとときだ。「いかに生きるや君たちは」口をもぐもぐさせながらこんな言葉がふいに出た。

（岐阜・阪野基道）

この黄蝶酒も甘露もいける口

3月17日　近江八幡左義長祭

今日の季語　若布《わかめ》

ご飯の前に先ず煎じた漢方薬を飲む（友人が調合、脳梗塞に効くと言う）。さて食事、塩気のないお粥一椀。鯖缶半分で味を作る。鯖缶はいいね、安くて美味い健康食品だ。二品目は茹でたブロッコリーにマヨネーズをかけた。ブロッコリーは、先日銭湯帰りに銭湯横のスーパーで一塊一〇〇円で買ったものだ。こじんまりした店だが安くてしっかり者の庶民派です。トマトは小振りなのを一個そのまま頂いた。ヨーグルトはアロエ入りで小さいやつをスプーン半分の蜂蜜を入れて頂く。因みに蜂蜜はアルゼンチン産。（愛媛・東英幸）

美容室の夫婦朝から若布干す

3月18日　彼岸入り

今日の季語　球春《きゆうしゆん》

モロヘイヤパン一個。ゆで卵一つ。苺三粒アボカド四分の一、乳酸菌ドライプルーン一粒にヨーグルト、蜂蜜をかけて。牛乳カップ一杯ミロ入り。パンはいつものパン屋の日替わり。アボカドは肩こりにいいと聞き、このところよく食べる。蜂蜜は四国の友が養蜂家から仕入れたもの。テーブルを片付けたあと食後にコーヒー一杯。これは夫が淹れる。退職後の日課となった。ありがとう。味はわからないが、今日は「モカ」らしい。

食卓から定位置に見える今朝の西山は、ぼんやりと春霞の中だ。（京都・火箱ひろ）

球春やイチローという生き方も

3月19日　ミュージックの日

今日の季語　菫《すみれ》

前夜、飲むばかりでろくに食べなかったのだろう、六時頃空腹で目が覚めた。おにぎりが食べたい。一〇〇gずつ冷凍した玄米を握る。卵二個に水六〇cc。顆粒だし少々、醤油ポトリのだし巻き。乾燥ワカメと麩のみそ汁。玄米を解凍しながら、みそ汁、だし巻きを作る。巻簾でだし巻きを整えて、玄米を俵に握る。中には梅干、鰹節。握りながら食べないのが、こ食の秘訣である。食後に貰い物のイチゴあまおう。これで省略したホウレン草、キウイ、バナナのスムージーが無くともゴージャスですなァ。エヘン。（大阪・平井奇散人）

駄々こねる子の手で揺れるすみれ花

3月20日　電卓の日

今日の季語　卒業

早朝散歩後、まずハッサクを食べ、梅干入り白湯を飲む。それから家事。夫が退職してからは、朝ドラに合わせ八時から二人だけの朝食。カツオで取ったダシに、その時々の気分に合わせ味噌汁を作る。今日は薄あげ、大根、豆腐、青ネギとベーシック。あと副菜は極小粒納豆一パックを半分ずつ。プラス今の時期はいかなごのボイル。ラクチンの一品。あと欠かせないのは自家製糠漬。今日は大根と胡瓜。糠から取り出したばかりの漬物のうまさはバツグン。というわけで、わが家は、毎日毎日純和食だ。（兵庫・山口久子）

先生といつも距離おき卒業す

3月21日　春分の日

今日の季語　草餅

ご飯軽く一膳に納豆をかけて。豆腐と若布と揚げの味噌汁一椀。花菜をちりめん雑魚少しと炒めて卵で綴じたのを一皿。目刺一匹。花菜漬少し。タンカン半個。焙じ茶。味噌と納豆は夫の手作り。味噌は手前何とかで美味である。納豆は長年の試行錯誤の末の賜物。蒸した大豆に藁しべ少量をパラッと載せ、保温器に入れ一昼夜。納豆菌が働きしっかり糸を引いて出来上がる。自然の力は偉大だ。私は有難く戴いている。今日は春分。そして彼岸のお中日。夜来の雨は上がり、鶯がまた谷渡りの練習を始めた。

（大阪・福岡貴子）

草餅の譲れぬ餡の炊きぐあい

3月22日　奈良法隆寺会式

今日の季語　永き日

「お粥に入れると美味しいよ、ちょっと中華風になるし」と教えられたことがある。横浜土産の焼売《しゅうまい》を前にして思い出したことだ。やってみようか。四つに切った焼売と青菜を粥に入れてみた。ついでに溶き卵も少々。塩と酒で軽く味つけ。熱々をフーフー吹きながら食べてみた。フムフムなるほどという味だ。

また作るかと言われたら、さあどう返事しよう。他には林檎とヨーグルト。果樹農家を紹介して貰ったこともあり、この冬は林檎をよく食べた。インフルエンザに始まり、今年はよく熱が出る。辛い。

（大阪・ふけとしこ）

チューブよりぐにゆと靴墨日の永し

3月23日　世界気象デー

今日の季語　白魚《しらうお》

嫁して優に半世紀超、生家同様この家でも彼岸には毎年欠かさずお萩をお供えしている。今年も早起きして餡こと黄粉《きなこ》の二種類を拵えた。そのお萩が冷蔵庫にあるので今朝はそれを温めたのが主食だ。蜆の味噌汁とキャベツとレタスとトマトのサラダ。自家製の生姜の甘酢漬は十八番で焼酎漬の梅を一個添える。若草色のガラス器の中央には甘夏の剝き実を盛り黒蒜《くろにんにく》を一片載せ、縁取りのバナナと林檎は小切りにして交互に並べた。このデザートが私の大の楽しみだ。夫婦で健康に感謝。

（愛知・藤かおり）

朱の椀に透く白魚の目の黒さ

3月24日　彼岸明け

今日の季語　春の潮

春キャベツの煮物、焼魚、赤だし、白米。今日は、たまに来ることにしている愛知の実家にいる。庭の更紗木瓜が花盛りで、それが綺麗だと何度も何度も繰り返す母に朝食を作ってあげた。愛知県はキャベツの出荷が日本一で、渥美半島に広がるキャベツ畑は私にとって懐かしい風景の一つだ。赤だしにはもちろん八丁味噌。「イチビキ」の工場は小学校の通学路沿いにあった。朝日の卓にゆっくりした時間を過ごしていると、一羽のメジロが木瓜の蜜を吸いに来た。決まって日に一度来るのだと父が言った。

（大阪・藤井なお子）

丘陵に何ごともなし春の潮

3月25日　電気記念日

今日の季語　雲雀《ひばり》

　一月にお母さんになった。生まれてからは毎日分刻みでバタバタしている。朝ごはんの後にゆっくり珈琲でも、と思うが何故かごはんの時間になると泣き出す息子。それでも朝食はしっかり食べる。
　今日の朝ごはんは、苺、バナナ、蜂蜜、グラノーラ入りヨーグルト。食パンにマーガリンと蜂蜜をたっぷり塗ったもの。ドリップコーヒー一杯。その後、ミルクをたっぷり入れたカフェオレ一杯となる。
「いただきまーす」
　あ、息子が泣いた。

（奈良・藤田亜未）

孤を描く赤子の放尿揚雲雀

3月26日　室生犀星忌

今日の季語　菜の花

　食パンに二日目のカレーを載せて伸ばす。玉ねぎにキャベツ、トマト、ひき肉が我が家の具の定番だ。二日目は水分がとんでほどよい粘度がある。とろけるチーズを好みの量かける。大量にかけたものやチーズなしのものを一緒に焼く。全体に焼き色がつきチーズがとろけたら取り出してほおばる。熱くなっているので注意しながら。とてもおいしいのだが、昼頃までチーズのにおいが口のまわりに残る。その微妙さとチーズの味が強くなることを理由に、私はチーズを少なめにする。

（兵庫・藤田俊）

空母あり菜の花を敷き詰めている

3月27日　さくらの日

今日の季語　桜餅

家にいる時の朝食の基本的なパターンは一年中ほとんど変わらない。食パンは四枚切りをカリッとトーストして二分の一枚。トマトジュースと牛乳は各一杯。牛乳は六五度に温める。それとヨーグルトと果物。ヨーグルトにはナタデココと取り寄せたブルーベリーでつくったジャムを入れて。果物は季節により変わるが今朝はバナナと苺五粒。苺は近所の農家が週に二度、火曜日と木曜日の一時から自宅の前で売っているもの。採りたてだからだんぜん美味い。朝食が終わる頃にＮＨＫの朝ドラ「わろてんか」が始まる。

（京都・藤野雅彦）

長命寺なんてちゃんちゃら桜餅

3月28日　三つ葉の日

今日の季語　磯巾着《いそぎんちゃく》

ボク、金魚のプク助。餌係は、マモン特製一八品目入りヨーグルトに、丸いパンと三角のパン。黄色いジャムを塗って食べているよ。すべてマモンの手作りさ。

ボクの餌？　今朝はもう食べたよ。駄々をこねたの。餌係はボクにだけは甘いんだ。それなのにボクがジイになった今頃になって、やっとボクだけがオランダ獅子頭だって分かってやんの。やってらんないよね。餌係、のんびりカフェオレを飲んでいる。ボクは今日もブクブクのジャグジーで、彼女と磯巾着ごっこと決めこむのさ。

（徳島・舩井春奈）

●▲磯巾着のような日も

3月29日　八百屋お七の日

今日の季語　春昼

晴。小さな庭には、赤と白の斑の椿が落ちていた。今日は珍しく京都の小川珈琲のコーヒーだ。新聞の一面は「正恩氏訪中　狙う局面転換」。ティラーソン国務長官はもういない。テーブルには、庭のレタスと地元のキュウリ。それに、妻の作ってくれたベーコンと新玉ネギの炒め物。彼女たちが小学校でやる紙芝居の話をしていたら、チンと鳴ってフォションのオレンジパンが焼けて来た。昨日会社の帰りに名古屋の高島屋で買ったものだ。「清流の国岐阜紅ほっぺ」という真っ赤な苺をぱくりと食べていざ出勤。

（岐阜・武馬久仁裕）

春昼の横文字で書くラブレター

3月30日　薬師寺花会式

今日の季語　野遊び

今日は精密検査の日。消化管ではないのだが念の為絶食で行く。低血糖でくらくらするが一向に空腹感は襲ってこないから病院というのは悍《おぞ》ましい空間だ。待合の隅っこで読書しながら二時間只管《ひたすら》待つ。幸い結果は異常なく医師とは今回もスポーツの話だけした。会計を終えるともはや運転するパワーは皆無。ふらふらと院内食堂へ行ったら朝定食に滑り込みセーフしたではないか。ご飯半分、豆腐の赤味噌汁、焼鮭、切干大根煮、沢庵二切れにほうじ茶。嗚呼、最高のご馳走だ。おやつのおかきも格別美味い。

（岐阜・星河ひかる）

肩書きを返し幼なと野に遊ぶ

3月31日　オーケストラの日

今日の季語　蒲公英《たんぽぽ》

コープの野菜ジュース一本（食塩無添加）。八時に電話が鳴って飛び起きた。今日は家に居ると思って、と吟行のお誘い。八幡の背割《せわり》桜を観に行くという。新聞の上空写真で有名になったが、近くに住んでいながら私は一度も行ったことがない。山崎から臨む背割堤は桂川と宇治川の岸の疎林にすっぽりと隠れてしまう。林の梢に透ける仄かな桜色に却ってもどかしい思いだった。集合は、京阪八幡駅一〇時。時間がない。ＪＲ山崎駅からタクシーで行くという奥の手を使うことにして、とにかく家を飛び出した。（大阪・星野早苗）

蒲公英の絮吹きながらする話

4月1日　エイプリルフール

今日の季語　卯月《うづき》

朝食は八時。それ迄に仏壇へお参りをしてお経をあげて食卓につく。今朝は六枚切りのパン一切れをトーストにして、いただきものの苺ジャムをこってりぬって温めた牛乳一合とサラダ。サラダはキャベツと玉葱とリンゴをそれぞれスライスして茹で卵一個を手で潰してのせてトマトの輪切りものせて皿一ぱいになった上からリンゴ酢をたっぷりかけて食べた。これは嫁さんからのお奨め料理、身体の調子もよかったが、面倒でいつかやめていたのを復活して今日で四日目。自作の豌豆を入れられる日を待っている。（京都・本郷すみ）

吊革が揺れて卯月の風つかむ

4月2日　国際こどもの本の日

今日の季語　鶯《うぐいす》

朝、起きようとするが、目が重たい。見ると真っ赤に腫れている。そして微熱も。近くの医院でウイルス性の風邪と診断された。友人との花見の約束を断り、センバツ高校野球を観ようかと思うと中休みだという。所在なくて三好達治の「諷詠十二月」の四月の章を読み始める。この本、少し難しいが読む度に新鮮だ。桜、見たかったな…　気づくと、達治が案内する業平や西行法師の桜に埋もれながら四時間も寝ていた。遅い朝食は、医院の近くのコンビニで買ったおむすび（明太子）一つとペットボトルの緑茶。（三重・松永みよこ）

うぐひすやほめてのばしているところ

4月3日　いんげん豆の日

今日の季語　花見

作り置きの炊き込みご飯二椀。浅蜊《あさり》の味噌汁一杯。南瓜煮。芹のお浸し。梅干。食前、甘酒一杯。食後、炒り玄米を煎じたもの。

炊き込みご飯は厚手の鍋を使い、火加減に注意をはらった。櫟《くぬぎ》の大木を倒して栽培した椎茸と、宇和海の天然鯛のあら煮をほぐした身と、その出汁も使った。その煮こごりをみていると、ああコラーゲン、と思う。

芹は田んぼの水路清掃の折、除去せずに残したもの。朝の採りたて。

目指しているのは、独居の美肌。

（愛媛・松本秀一）

空の下花見がのこす茣蓙《ござ》の跡

4月4日　清明

今日の季語　朝寝

食パン一枚。バナナ一本。フルーツヨーグルト（みかん果肉入り）。食パンはふわふわの感じが好きで焼かずに食べる。今日は、米大リーグ・エンゼルスの大谷選手の出場予定の日。彼が日本ハムで寮生活の頃、同社の商品のあらびきウィンナー「シャウエッセン」が食事で出されたそうだ。私もその「シャウエッセン」を茹でて、マスタードをつけて三本。今日は、センバツ高校野球も決勝戦。もう朝からドキドキしてしまう。アイスコーヒーにミルクを入れて、スヌーピーのグラスで一杯。美味しい。

（東京・三池しみず）

朝寝してもっと見たいよ恋の夢

4月5日　三好達治の忌

今日の季語　山笑う

今日は九時出発で御園座柿葺落四月大歌舞伎。また染ちゃんって呼んでしまうぞ。

寝る前に乱切りにして素揚げした茄子が油切りしてある。その茄子と薄切り肉を甘辛く炒め煮した（かなり濃い目の味）。冷蔵庫から昨日のおかずも取り出す。厚揚げと椎茸と昆布の煮物、小松菜と油揚げの煮物。

毎度ながらやるじゃないか。手ぎわのよさを自分でほめながら、ご飯なし、おかずだけの朝ごはんを、たっぷり頂戴して、さあ、お出掛け！

（愛知・みさきたまゑ）

正楷書ここは丸ゴシ山笑う

4月6日　春の全国交通安全運動

今日の季語　入学

お好み焼き一枚。電子レンジで温める。たかがコンビニ商品と侮るなかれ。ソースの程良い辛さ、豚肉などのトッピングと生地の絶妙なコンビネーション。店で食べるのとそれほど変わらない気がするのは、私が味音痴だからという訳でもあるまい。現在の仕事は外国人留学生を対象とする日本語学校の非常勤講師だが、今は春休みなので、ゆったりと朝食が味わえる。そう言えば、卒業式後の食事会のメインは、お好み焼きだった。学生たちが生の具材を鉄板に乗せ、手際良く焼いていたのを思い出す。

（京都・夢乃彩音）

まっさらなノートと心入学す

4月7日　世界保健デー

今日の季語　陽炎《かげろう》

バタートースト半分。ゆで卵一個。コーヒー一杯。名古屋はモーニング文化。午前中喫茶店に入るとコーヒー一杯の値段でトーストと卵がついてくる。カウンターの一角に七〇代と思しき男性たちが入れ替わりながら座るエリアがある。顔見知りらしい。皆一様に「どうも」と軽く頭を下げて席に座り、遠慮がちに新聞をひろげて黙々と食べ、最後は「お先に」と声をかけて去ってゆく。憧れのリタイア後の生活とはコーヒーについてくる小さなトーストみたいなもの、だろうか。

（愛知・水木ユヤ）

陽炎のなか小走りに老いてゆく

4月8日　花まつり

今日の季語　春風

ホテルのバイキングは洋風にするか和風にするか迷ってしまう。昨夜は蝦蛄《しゃこ》をあてに一杯飲んだ余韻でシジミの味噌汁とままかりの酢漬けが食べたくなった。よし、和風でいこう。出し巻き卵、菜の花の辛し和え。ほっこりごはんにいかなごが嬉しい。フルーツはデコポンをたっぷり。

今日は瀬戸大橋を渡って高松へ。栗林公園へ行って商店街へ行ってうどんを食べたい。琴電という可愛い電車が高松港から金毘羅まで走っているようなので乗ってみるつもり。用事のない旅は楽しい。

（東京・三宅やよい）

春の風路面電車を丸洗い

4月9日　虚子忌

今日の季語　木蓮

九時朝食。カゴメの野菜ジュース「野菜一日これ一杯」。チーズと納豆をはさんだトーストとコーヒー。ミルクとリンゴ。以上すべて市販のもの。

庭に出て、めだかに朝食「メダカのエサ」を給餌。晴。紫煙。（大阪・宮嵜亀）

木蓮開花トーストがこげている

4月10日　駅弁の日

今日の季語　雉《きじ》

若布の味噌汁一杯（生味噌インスタント）。白米（茶碗一杯）。アボカド納豆（アボカド半分を小さく角切りに納豆一パック）。緑茶一杯。新学期を迎えパワーをつけようと好物のアボカド納豆を珍しく朝食に食べた。味噌汁の味噌は麦味噌。麦味噌は実家のある愛媛西南部特産。汁は白っぽく甘い。松山で出る味噌汁の多くは、合わせか米味噌だが、ごくたまに麦味噌の味噌汁に出合うとうれしくなる。しょっぱいというよりは甘い汁は懐しく、はだか麦の香りは、実家の茶の間や畳の感触を思い出させる。（愛媛・三好万美）

段々畑登っておれば雉が鳴く

4月11日　メートル法公布記念日

今日の季語　春愁

ピザトースト。のらぼう菜の塩茹で。コーヒー。甘夏。ピザトーストはピザソースを塗り、チーズとピーマンとサラミをのせて焼いた。のらぼう菜は、菜の花に似ている。近所の畑の主に今朝いただいたばかりで甘くて歯応えがある。甘夏は徳島産で親戚が送ってくれた。ピザトーストに使った玄米入り食パンは、週に一回勤め先の昼休みにやってくる移動パン屋さんで買った。皆パン屋さんが来るのを楽しみにしている。つい最近、パン屋さんに男の赤ちゃんがうまれた。

（滋賀・村井敦子）

春愁の色鉛筆の削りかす

4月12日　世界宇宙飛行の日

今日の季語　チューリップ

フルーツグラノーラ（カップ一杯）の牛乳かけ。その袋には「太陽の恵みで、いい一日をスタート」と記載されている。「大人を愉しむ珈琲」スペシャルブレンドをマグカップに一杯。和歌山産の八朔《はっさく》柑一個。さて、夫の肺年齢が九五歳以上（実年齢は六四歳）と診断されたのは早春の頃。一方の私は、ここ一ヶ月余り、左腕、肩、背中にチリチリ、ズキズキの痛みが続く。が、本日発売のN雑誌の表紙に「大谷翔平　夢の始まり」の文字。オリジナル「二刀流」表紙とのこと。窓の向こうにはチューリップ。

（兵庫・村上栄子）

チューリップ赤とピンクの二刀流

4月13日　啄木忌

今日の季語　燕

水コップに一杯。お茶湯飲みに一杯。ダイエットシュガー牛乳入りコーヒーをマグカップに一杯。トースト一枚。昨日買った薄皮饅頭一個。薄皮饅頭は小豆餡が良い。薄皮は茶色の黒糖風味である。小ぶりなので三つ位食べられそうだが一個で我慢する。子供のころ雨上がりの水たまりで泥遊びをした。砂場や子供用の砂遊びセットなど勿論無い。木の枝や石ころ等と素手を駆使して泥饅頭を作るのだ。薄皮饅頭はその泥饅頭に似ているのを思い出した。燕の巣は唾液だけでなく泥や枯れ草を使って作るらしい。（東京・村上ヤチ代）

泥饅頭燕突いて崩れけり

4月14日　オレンジ・デー

今日の季語　青麦

朝一番に仏壇に茶を供える。茶の間には三月末に一〇三歳で亡くなった母の写真。母へも茶を一杯。やわらかな笑顔だ。夫が留守でひとりの朝食を始める。ごはんと味噌汁には若布と茗荷を刻み入れる。よい香りだ。きぬさやと少し甘めの煎卵《いりたまご》。納豆とほうれん草のおひたし、梅干をひとつ。りんごとバナナのヨーグルトかけ。最後に熱いほうじ茶を飲む。今日は何もない静かな一日だ。午前中、クリーニング屋が来るから、庭の花の手入れと草むしりをして待とう。冬の間の枯れた葉や枝を取り払い、新芽を待つ。（京都・室展子）

麦青む母はどこまで行ったかな

4月15日　ヘリコプターの日

今日の季語　春泥

コーヒー一杯（砂糖少々）。飲みながら昨夜読んだ井波律子の本をパラパラめくる。西施《せいし》は田舎娘だったとか。コンビニの枝豆ごはん（おにぎり）と小松菜のゆがいたもの、さらには好物のナポリタンスパゲティをいただく。いずれも少量なので冷蔵庫にある昨日の残り物をさがす。サーモンサラダ寿司三個、タマネギとかいわれをのせたものだ。みかんの牛乳寒天をスプーンでぐちゃぐちゃにかきまぜて食べる。最後にキウイ一個とおーいお茶のティーパックを大きめのカップに入れてごくごくと飲む。

（山口・森弘則）

春泥や蕪村文集めくりみる

4月16日　川端康成忌

今日の季語　栄螺《さざえ》

里芋と豆腐の味噌汁。秋から土中に眠らせていた里芋、春耕のために掘り起こされてきた。台所の隅の新聞紙の上にごろんと転がせていた。一〇日程ほっぽっていたのだが、思いついて具に使ってみた。意外と美味しい。お茶碗に八分目の白米。葱入り卵焼き（卵四個）。学生の頃のお弁当にはレギュラーで入っていた。葱が嫌いだったその頃はいい加減飽きて、嫌いなおかずベスト三入り。筍の煮物。夕べの残り物だ。少し時間をおいてブラックコーヒーをたっぷり。木香バラの苗を手に入れたので、今から植える。

（愛媛・渡部ひとみ）

混沌は栄螺の角の先の青

4月17日　恐竜の日

今日の季語　霞

　白ごはん、前日の夕食の残りの豚汁、山葵《わさび》の葉の佃煮。どこの家庭でもそうだと思うが、豚汁は次の日も食べれるように多めに作る。次の日は具が少なくなっているので、九条葱を斜め切りにして、山ほど足す。だから豚汁というより葱汁。豚汁は、もう冬になるまで作らないな、としみじみ食べる。山葵の葉の佃煮は、江戸時代創業の「八百与」という漬物専門店の品。うちの近所だ。三〇〇円分買うごとに、次の買い物に使える一〇〇円の「蕪《かぶ》券」をくれる。株券ではないけれど、ちょっとうれしい。

（滋賀・山本純子）

霞立つ湖上ヨガ教室がそこ

4月18日　発明の日

今日の季語　蝌蚪《おたまじやくし》

　レトルトのパックご飯が一膳、フリーズドライの茄子の味噌汁が一杯。それから、梅風味の鰯の煮つけと豚のしょうが焼きが少々。しょうが焼きは昨晩のおかずの残り物である。いつも、ここぞとばかりに生姜を入れているが、ポン酢で味つけをしているから、そこまで辛くはない。そのしょうが焼きを除いたものは全て母からの仕送りのものである。心配性の母はよくレトルト食品を送ってきてくれる。いつまでも心配させるわけにはいかないので、昨日、一人暮らし用の料理本を購入した。

（京都・山本たくや）

大人へとなりつつあるよ蝌蚪《かと》過渡期

4月19日　地図の日

今日の季語　花粉症

コンビニおにぎり（鮭）。味噌汁（豆腐、揚げ、葱）。林檎四分の一。それから病院へ。「どうされました？　目がチカチカする？あなたは毎年、この時期になると来てくれますね。去年もそうですね。

壁をボーッと見て、白内障は大丈夫です。目の花粉症です。夏が来れば治るでしょう。この目薬を使って下さい。両眼に一滴ずつ一日に何回でもかまいません。ただし、一滴ですよ。たくさん使っても、目の外へ流れ出るだけですからね」。

（京都・山本直一）

花粉症の女ピカソを真似て泣く

4月20日　穀雨

今日の季語　辛夷《こぶし》

新年度の慌ただしさが少し落ちついた薄曇りの春の朝。天気も気温も体調も不安定な朝は体に優しいものを食べようと思案する。そうだ、お粥にしよう。ちょっと物足りないからサツマイモを入れて塩で味を整える。あとはバナナを一本。冷たいトマトジュースを一杯。頭の中では京都、瓢亭の朝がゆをイメージしていたのだけれど、何だか変なメニューになった。ま、いいか。今朝もおいしく頂いた。うん、これで一日頑張れそうだ。

（大阪・松永啓子）

曇天を突き刺す槍になる辛夷

4月21日　民法の日

今日の季語　囀《さえず》り

先ず、青汁一杯。全粒粉食パン一枚。カップヨーグルト一個。バナナ一本。低脂肪乳一杯。煎茶二杯。オーガニック珈琲一杯（アーモンド一〇粒付き）。昨年一〇月から糖尿病薬を飲み、間食を止め、炭水化物ダイエットで八kgの減量に成功した。最近、血糖値も下がり、階段、坂道が少し楽になった。

朝食の後、暫くしてから我流のストレッチ体操を約四〇分やり、定年退職ＯＢ総会出席のため、京都市内へ出かけた。出かける時、「帰りにパンをよろしく！」とカミさんが叫んだ。「御意！」（京都・山本よしじ）

囀りの里山ソーラーパネル群

4月22日　よい夫婦の日

今日の季語　花冷え

十六穀米のご飯一杯。めかぶ一パック。食後にコーヒーと頂き物のクッキー数枚。こうして書き出してみると優雅な朝食のようにも思えるが、時間にして一〇分あるかないか、量も少なめ。午前五時に起床、六時からの朝勤～朝礼～雑務を終え、朝食はいつも八時半頃。どちらかと言えば、昼にしっかりと食べる。今日は午前中に納骨法要が一件。朝食後、身支度を整えて門前を掃き清めていたところ、当該の檀家さんが参道の向こうから足早に歩いてきた。天気は快晴、朝は少々肌寒かったが、日中は暑くなりそうだ。（京都・湯原正純）

花冷えや骨箱小わきに石畳

4月23日　子ども読書の日

今日の季語　春雨

竹の子の味噌汁。白米（お茶碗に軽く一杯）。目玉焼き。味噌汁は自分で作った。竹の子の味噌汁は子供の頃からの大好物。この時期になると亡くなった母が必ず作ってくれた。一週間前、久しぶりに高校の恩師である高塚先生にお会いした。その際、先生が自宅の裏山から掘り出してくれた朝採りの竹の子を米袋の中に七本も頂いたのだ。自分で皮を剝き、自分で茹でて、その中の一本を冷凍保存しておいたのだ。味噌汁は、もちろんおかわりをした。今日は遠足。いくつの春に出会えるだろうか。

（静岡・芳野ヒロユキ）

春の雨沈魚沈魚のチンアナゴ

4月24日　植物学の日

今日の季語　遠足

米一合に、もち米を一つまみ、梅酢をたらす。にんにく酒を二、三滴で炊き上げる。（茶椀に一膳）。ミニ納豆にネギの薬味。生卵を入れてタレであわせる小鉢。フライパンにオリーブ油、ブロッコリー、しめじ、ピーマン、牛肉一切れでソテーにする。味噌汁は昆布だしに若布と豆腐、醸造元からの特製味噌をひと煮立ちさせる。ひとり暮らし一〇年の朝食は和食をゆっくり楽しむ。苺を五粒とキリマンジャロコーヒーを入れる。七時半から八時まで、テレビや新聞をみながら一日で一番たっぷりの食事を楽しむ。

（福島・吉原彩）

遠足はバクダンアラレ遠い空

4月25日　国連記念日

今日の季語　豆の花

「人参ジュースできたよ」と呼ばれてから台所にいく。鎌倉で調達のふすまパンに酒粕（丹波の小鼓の踏み込み酒粕）をたっぷり塗り、豆乳マヨネーズを控えめにへアピンカーブに、このマヨネーズが溶け、パンの周りに焦げ目がつくまで焼く。パンが焼きあがるまでに玄米珈琲が用意され、私の朝食が始まるが、すでにふすまパンを焼かずにそのままで人参ジュースの搾りかすサラダに、森の珈琲の夫の朝食は終わっている。余計なことだがこの夫、左半身麻痺から一年目である。私は幸せな女であろうか。

（神奈川・あざみ）

泣く時が見つけられない豆の花

4月26日　よい風呂の日

今日の季語　行く春

ハムエッグ。みりん干し。玉ねぎスープ。白ご飯。ハムエッグは分解。黄身だけを白ご飯の上に乗せて、醤油をかけて、簡易卵かけご飯。いいなぁ卵かけご飯。残されたハムと白身は、ただ食べる。玉ねぎスープは「一〇秒で心とろける！」と銘打たれたフリーズドライ。とろけた。みりん干し。魚の種類はわからないが、子供の頃からずっとこの味。歯ごたえがあってゴマがまぶしてあって、甘くて美味しい。さて、今日はゴミ出しの日。この春から、息子が大学進学のため下宿。ゴミは確実に少なくなった。

（京都・若林武史）

昨日今日とろけ行く春みりん干し

4月27日　哲学の日

今日の季語　蓮華草《れんげそう》

毎朝六時起床、六時半からラジオ体操をして朝食をする習慣がついている。今朝は、カップ一杯の牛乳にココアとシナモン少々を入れる。果物はイチゴ五粒、バナナ二分の一、リンゴ四分の一、一口チーズ三個、ヨーグルトに、くだもの屋さんの木の実という素焼きのミックスナッツとプルーン、レーズンを少々。それに蜂蜜を一滴かける。食パン一枚に胡麻マヨネーズをぬり、ちりめんじゃこをのせてこんがり焼く。コレステロールが少々高いため食後に薬を飲んでいる。食事には注意せねばと思っている。（兵庫・若森京子）

柔らかい尻餅がいい蓮華草

4月28日　シニアの日

今日の季語　黄砂

十六穀を入れて炊いたご飯一膳。葱入り卵焼き。納豆。これでは野菜が足りないと思い小松菜のみそ汁を途中で追加する。キウイ一個。納豆に卵は定番と思っていたが、卵白との相性がよくないとか。久しぶりに葱を入れて甘い卵焼きを作った。納豆にも葱。みそ汁はいつも煮干しだが、今日は削り節で時間短縮。小松菜は切って生で冷凍したものを、凍ったまま入れてさっと煮ただけ。信州みそ。小松菜の緑色はきれい。やわらかいご飯は苦手。小松菜もしゃきしゃき。よく噛まないで食べている自分に気づく。（奈良・山田まさ子）

黄砂降る付箋だらけのイエスタデイ

4月29日　昭和の日

今日の季語　石鹸玉《しゃぼんだま》

トースト一枚。いつもの店で焼き上がり時刻最終一五時の食パンを予約している。スムージーコップ一杯。三六五日「健康」のおまじないのように作っている。紅茶。かねてより目をつけていたティーポットを手に入れた。熱湯を注ぐと茶葉が楽しそうにジャンピングしている。やがて静かに底に沈んでいく。その様子を見てるのが好きだ。いい出具合である。「ご飯ですよー」誰よりも早く愛犬「なつ」が私の椅子の横に正座してスタンバッている。まだ来ない男が一名いる。せっかくのトーストが冷めてしまうわ。（大阪・山岡和子）

しゃぼん玉犬の鼻まであと二ミリ

4月30日　永井荷風忌

今日の季語　躑躅《つつじ》

ゴールデンウィーク三日目。ゆっくり寝ていたいが、三歳の娘はいつもどおり七時に起きる。「おかあさん、起きて」という声が聞こえる。少しだけ寝たふりをする。五日に一回ぐらいは「おとうさん起きて」になるのだが、今朝は「おかあさん起きて」のままだ。観念して起き上がる。朝食は実に簡単にパンを焼いたのと、ハムに目玉焼き、それからトマト。夫はまだ寝ている。寝かせておいてあげたい気もするが、私だけ朝起こされたことを思い出し、大きな声で呼ぶ。「お・と・う・さ・ん、ごはん！」（東京・諸星千綾）

街路樹の躑躅合間に子の昼寝

夏

5月　6月　7月

夏の林檎

衛藤夏子

ごはん、ごはん朝ごはん。
朝の林檎は金の林檎。
夏の林檎はすかすかだ。
何でも食べるよ。わたしたち。
ごはん、ごはん朝ごはん。

ヘンな詩である。こどものころ、妹と創った歌だ。わが家では、「朝の林檎は金の林檎」と言って、母親が朝ごはんの果物に林檎を多用した。冬は潤って美味しかったが、夏の林檎は、水分少なく美味しいとは思えなかった。「朝の林檎は金の林檎。栄養いっぱい。たくさん食べて」と母が歌うように言って食器に盛り付けるので、姉妹は、食べざるをえない。ささやかな抵抗で、歌をつくって茶化した。すかすかが、おえおえ、げろげろと汚い言葉になったりして、ふたりでふざけて笑い転げていた。

それでも妹はきちんと食べていたが、食の細かった私は、どうやって食べることから逃れるかを不遜にも考えた。母の目を盗んで、ポケットに入れ、当時飼っていた愛犬マサにこっそり食べてもらったりした。

マサは柴犬と雑種の混じった雄犬で、食いしん坊で尻尾を振って何でも食べた。夏になるとますます食欲のなくなる、夏痩せするこどもだった私は、幾度もマサにお世話になった。特に朝ごはんは食欲がなくて、自分の食べられないものを、ポケットに入れ、そっと犬小屋に持っていった。

ある日、マサの散歩当番だった父がびっくりしたような顔で帰ってきた。マサの排便にそのままの形で林檎やアルミ箔の着いた6pチーズが出てきたというのだ。しまった、と私は焦った。マサは噛まないのだ。だから、小さくちぎって皿に入れなければいけないのを、今朝、慌てて、料理に出されたままの形で皿の上に置いてしまったのだ。

「誰がマサに与えたの？　マサがお腹こわしたらどうするの」

家族みんなの非難の目がイッセイに私に向けられた。

ほどなくして、十年以上飼われて老齢に達していたマサは、弱ってきた。年老いて寝ることが多くなったマサの姿に、こどもながらに自分の今までの行為を恥じて謝った。「きちんと朝ごはん食べるので、マサを元気にしてください」幾度も祈った。

庭の花壇のコスモスが揺れるころ、マサは死んだ。マサの亡くなった翌朝、目玉焼きの隣に添えられていた林檎は、まだ夏の、懐かしい香りがした。

5月1日　メーデー

今日の季語　皐月《さつき》

懲りずに勤めているため、朝食に優雅さはない。それでも今日は、妻手作りの文旦ジャムが爽やかさを運んでくれる。果皮も使っているので、本当はマーマレードだよ、と妻。文旦は愛媛の西条に越したばかりのK氏が送ってくれた。齢七〇間際に再婚した彼だが、バイク二台で四国中を駆け回っている。厚めの食パンにたっぷりと塗って、マンデリンを挽いたコーヒーで流し込む。陰暦皐月は梅雨の時季だが、今の皐月は風が薫る。私は満員の山手線に乗るが、K氏は風の中、今日は何処を疾駆するのだろう。

（千葉・赤石忍）

手作りのジャムざわめいて皐月波

5月2日　八十八夜

今日の季語　新茶

白米とお味噌汁はほぼ毎日。具は大根と若布。皮をこんがりと焼いた塩サバ。結構油がのっている。畑で採れたスナップえんどうはマヨネーズで、莢えんどうは卵とじ。えんどうの筋が上手くとれていないと豆が顔を出している事がある。瓜の奈良漬け。お米は義姉が作ったものを一袋（三〇kg）ずつ買っている。決まって七時二〇分頃に食卓に着く夫は、最後にヨーグルトを食べて出勤。それから私はコーヒーをいれ朝ドラを見ながらゆっくり飲む。購入予定の自転車の色を今日は決めてこようと思っている。

（愛媛・渡部ひとみ）

自転車のチューブのはなし新茶注ぐ

5月3日　憲法記念日

今日の季語　藤の花

ソーセージ、目玉焼き、サラダ、トースト、コーヒー。休日の朝は夫が作る。男の目玉焼きは、均質である。私の場合は、むらがある。性格なのであろうか。人に作って貰う料理は美味しい。感謝、感謝である。ただし後片付けに夫は興味がない。まあそれもよし。食洗機に頼む。

まだ夫が現役なので、もうしばらく、平日の朝ごはんは、私の役目である。完全退職した暁は、料理など趣味にしてもらえないだろうか。密かに願っている。（神奈川・赤木めぐ）

藤の花これより人生無計画

5月4日　みどりの日

今日の季語　薫風

六枚切り食パンの半枚、苺ジャム（手製）、チーズ。径二二㎝のお皿にトマト、胡瓜、レタス、ブロッコリー、カリフラワー、蒸し大豆、ポテトサラダ（干葡萄を散らし）、ハム。昨日ご近所の岡さんから戴いたサニーレタスも。ドレッシングはコープの胡麻ドレッシング。林檎二切れ、セイロン紅茶を大振りの蓋付きマグカップにたっぷり。宇宙探査レースというテレビと、すっかり初夏の彩りとなった山と海を見ながら、ゆっくりと食べた。BGMは小鳥たち。今年は鳴き始めるのが遅かった。ご馳走さま。（徳島・赤坂恒子）

薫風やナウマンゾウの眠る海

5月5日　立夏・子どもの日

今日の季語　鯉のぼり

乾燥フルーツ入りのシリアルに、牛乳をかけたものをお椀に二杯ほど。歯ごたえのある食品が好きなので、シリアルを足し、牛乳を足しするうちに、際限なく食べてしまいそうになるのを、ぐっとこらえる。ぼくの父は中年太りとは無縁の痩せ型で、自分もその体質を受け継いだものと思っていたが四〇代になって体質が変わり、いろんな面で母に似てきた。たらちねの母は、とてもふくよかな人である。千葉県の鴨川で暮らしている妹は、たまに会うと、びっくりするくらい父似で、いまも痩せている。

（東京・秋月祐一）

戻りくる風の背骨や鯉のぼり

5月6日　ゴムの日

今日の季語　茨の花

朝ラジオ体操を済ませて、いつものようにまずお湯を沸かし、インスタントのドリップ珈琲をいれる。ブラックで少し飲む。次に、フルーツヨーグルト（ブルーベリーを選択）を用意。生協の宅配便の五枚切り食パンを一枚小型オーブンで、焦げ目を薄く軽めに焼く。それに、ヴァージンオリーブオイルをつけて食べる。同時に、珈琲もヨーグルトも飲み食べる。さらにバナナを一本、ゆで卵を食べる。新聞二紙を読みながらの朝食だが、誰がどちらから読むかは、残念ながら、私に優先権はない。今治市で殺人事件。

（京都・秋山泰）

平穏が崩れる予感花茨

5月7日　粉の日

今日の季語　柿若葉

厚切りトースト半分にバターをたっぷり、マーマレードとキウイジャムをぬる。マーマレードは我が家の甘夏だ。今キウイは花盛り。愛用のカップでカフェオレ一杯。苺三粒。昨冬苗を植えてまだ粒も小さいが早くジャムを作りたい。卓上の籠に四種類の手作りジャムが並んでいる。自家製ヨーグルトに干ぶどうとバナナ半分とシナモン少々。これは以前住んでいた町内に工場があると知って、最近買いに行くようになった。美しい裏庭に面した大きな蔵で作られるシナモンは新鮮で、味も香もすばらしい。

（京都・明星舞美）

叔母と母娘も斎王柿若葉

5月8日　ゴーヤの日

今日の季語　毛虫

さぬきうどん(冷)で一玉（ただし、さぬき人は「さぬきうどん」などとは、決して言わない。「うどん」は「うどん」だ）。昨日、帰省して香川のＪＡで仕入れたちくわの天ぷら。同じくＪＡ産の百花《ひゃっか》（高菜の類）で作った「まんばのけんちゃん（豆腐との炒り煮）」。朝からうどん？　と驚くなかれ。香川じゃ至ってフツー。ちなみに(冷)とは、湯がいて水でしめた麺をそのまま頂くこと。好みで生じょうゆやだしをかけて食す。勿論、(温)バージョンもあり。(温)は「ぬくいの（ん）」と言うのが地元風なんよ。

（兵庫・朝倉晴美）

ぶぶわっと毛虫母校はお堀端

5月9日　アイスクリームの日

今日の季語　筍《たけのこ》

今日も五時起き。火曜日はごみ出し。いつもの朝はパン一枚とキャベツ、トマト。コーヒーでシンボーさんを見つつ六時前から八時まで食事、だが今朝はゆうべ貰った筍ごはんと木の芽和えがある。ざっとおフロに入ってごはんをチン。ノンアル添えて朝食。

さてゆうべ。同じマンションに住むおばさん、昔京都で店を持っていたという噂だがどういういきさつでここに流れて来たかも、年齢も聞かず語らず。その割に先方は当方が独居老人であるのはよく知っていて年に何回かおばんざいを頂く次第。

（滋賀・朝日泥湖）

筍飯ゆうべのことはお忘れやす

5月10日　愛鳥週間

今日の季語　時鳥《ほととぎす》

零余子《むかご》御飯、零余子は家の周りで育てている。山頭火さんにもお供えした。酢漬けの蕨《わらび》は生家の山で採ったもの。若布と松山揚げの味噌汁。若布は毎年主人がターナー島の近くで採って来る。さっと湯通しして冷凍したり、天日干しにしたりして使っている。七折梅の蜂蜜漬け三粒、これを昨春より毎日食べ続けて体重が一〇kg近く減った。知人よりいただいた自家製蜂蜜である。昔家で亡父が蜂を飼っていたのを思い出す。ブルーベリージュース一杯。妹の家がブルーベリーを作っていて手に入れたもの。

（愛媛・浅海好美）

時鳥亡父の海軍預金帳

5月11日　長良川鵜飼開き

今日の季語　蜜柑の花

夫は五枚切りの食パン一切れをトーストした上にハムと卵の焼いたのを載せる。私は御飯三分の一膳にオムレツ、昨夜の残ったハンバーグ二分の一を用意する。卵の焼き具合は各々の好みがあるので各自焼く。それに玉葱、キャベツ、人参、セロリ、トマト入りの野菜スープコンソメを私が作る。夫はボイルしたブロッコリー、キャベツ、トマト、チーズ入りの野菜サラダを作り、ごまマヨネーズ和えの味にする。果物はりんご二分の一、いちご五粒。飲み物は夫はコーヒー、私はカフェオレで朝食は終わる。

（大阪・杏中清園）

廃校の庭に香りし花蜜柑

5月12日　看護の日

今日の季語　青嵐

今朝の食卓に整えたものは、トースト（バター、自家製のブルーベリージャム）。目玉焼き。サラダ（アスパラ、レタス、トマト、ブロッコリースプラウト）。ミルク入り紅茶。イチゴのヨーグルト添え。但し、私が口にしたものは二杯の紅茶とイチゴだけだが、何時も私自身の朝食はこんな程度である。毎週金曜日は、私が地元紙に執筆連載中の「俳句あれこれ」の掲載日。今日は蛇笏の〈藍々と五月の穂高雲をいづ〉。添えられた写真は、仲間の糸こさんが撮影した塩尻から見た穂高連峰。残雪の峰が美しい。

（長野・飯島ユキ）

青あらし葉裏なかなか美しき

5月13日　愛犬の日

今日の季語　蚕豆《そらまめ》

夫用に普段通り茹でたモヤシ、人参、ブロッコリー。刻んだ茹卵の辛子マヨネーズ和え、生協のチーズ入り蒲鉾《かまぼこ》、昨夜それらを一皿に盛っておいた。牛乳とヨーグルト用に空のカップと小鉢。袋のままのバターロールを食卓に。

一昨年、生きていたら行きますと約束した北陸現代俳句大会の富山でのお喋りのため、私は車中で朝昼兼用に市販のミックスサンドとカフェオレ。日帰りに新幹線一本なのが有難く、今日のために読まずにおいた嵩張《かさば》らない俳句誌「オルガン」も丁度よかった。が、さすがに御腹が空いた。

（東京・池田澄子）

蚕豆の母性の莢の山つくづく

5月14日　母の日

今日の季語　カーネーション

トースト一枚にクリームチーズを壁の様にべったり塗る。その上にクリスマスに降る雪の様にクランベリーを散らす。半切りのバナナにヨーグルトをぶっ掛ける。湯の様に薄い珈琲。湯で薄めた珈琲ではない。リヒテルのバッハを流す。朝七時。以上が数年に渡る私の「朝ごはん」というより「朝の目覚めの為の祭り事」である。神聖にして、食器は総て白でなければならぬ。その間に限り、誰であれ話し掛けないで欲しい。あと二時間もすれば宅配便で母の日のカーネーションと豪華飲茶セットが届く。ふふ。

（大阪・一門彰子）

一粒の真珠と風とカーネーション

5月15日　葵祭

今週の季語・祭

私の朝ごはんは薬である。一日中多種多量の薬を飲むが、特に朝は大変である。発病して以来、病いとどう付き合っていくかに心を砕いてきた。「薬が朝ごはん」と言っても過言でなかった。午前八時ちょうどにネオドパストン一、コムタン二、エフピー二、エクセグラン二分の一、ミラペックス一錠他。更に消化薬一錠一袋、更に更に…計八種一三錠！これだけ飲むとさすがグターッとなる。自分では「薬で宿酔」状態なのだが、家人には病気自慢とも映るらしい。「朝飯前」の満腹感もなかなかつらい。

（東京・伊藤五六歩）

野川にも笛鳴り出《いだ》す夏祭

5月16日　旅の日

今日の季語　花樗《はなおうち》

白飯。みそ汁（八丁味噌仕立、豆腐、葱、若布）。煮物（小松菜、油揚げ）。大根下し（縮緬じゃこ）。かつをのおかか。トマト。私は小学生の頃、鰹田麩が大好きだった。ピンク色の鯛田麩はいや。しっとりと細かくて、ころっと小粒の玉となり、御飯の上をころがってゆくこの「でんぶ」。それをコープで買った。品物をためつすがめつ。当世風思い出一杯の「でんぶ」あゝおいしかった。父と母も卓袱台にいる気がした。因みに平素は、パン食、「でんぶ」に敬意を表して、本日特別メニュー。

（滋賀・伊藤ふみ）

さんざめき散れば紅唇花樗

5月17日　日光東照宮春祭

今日の季語　薄暑

ガレット（ロールドオート、全粒粉、塩、水を混ぜてオリーブオイルで焼くパンケーキ）一枚。もやし研究会でレシピを知って我が家の定番に。これにマヌカハニーを塗る。幼なじみのニュージーランド土産。飲み物は弟の誕生日プレゼントの紅茶。そしてジャーサラダ。専用のビンを煮沸消毒して、ドレッシング、具材、野菜をギュウギュウに詰める。数個を週一回作り置きする。冷蔵庫で四、五日もつ。並べると野菜のビタミンカラーが美しく、ついい見とれてしまう。今日のが最後の一ビン。今夜作ろう。

（兵庫・稲用飛燕）

誰もいない午後のはちみつ薄暑かな

5月18日　ことばの日

今日の季語　新緑

ピクルス（人参、きゅうり、セロリ、パプリカ）。オムレツ（玉ネギ、しめじ、粉チーズ、バジル）。クロワッサン。コーヒー。苺。ヨーグルト。我が家は目下朝食改革中。三月に健診で夫の腸の働きが悪いと言われて以来、とにかく野菜をたくさん摂るようにしている。共働きで朝食には手がかけられず、今まではきわめて粗食。ヨーロッパの民宿スタイルと私は弁解豪語していたが。夫がサラダは飽きたというのでピクルスを漬けてみた。今のところ前より体調は良い。何といっても夫は大切な人なのだ。

（京都・井上曜子）

新緑のポストを落ちてゆく手紙

5月19日　唐招提寺団扇まき

今日の季語　桐の花

爽やかな朝でも、前夜の暴飲の果ての朝でもメニューはほぼ同じ。お米派だったが、今は転向。六枚切りの食パン一枚を四つに切り、ウォーターグリルで二分焼く。ジャムは苺、ブルーベリー。今日はお隣自生の大夏蜜柑を頂いたので妻手作り初物マーマレードと一切れはバターだけ。コーヒーは豆から挽く。挽いている時間が大切な時間。今週はブラジル。ドリップで二人分を二分半で淹《い》れる。ミルクは「おいしい牛乳」を一八〇cc沸かす。たまに吹きこぼしてしまい叱られる。ここまでは僕の担当。妻は季節の果物班。

（神奈川・今泉凡蔵）

桐の花うつらうつらと古本屋

5月20日　伊豆下田黒船祭

今日の季語　蜃気楼《しんきろう》

卵かけごはん、茶碗に半分。卵は知り合いが届けてくれるこだわりの近江軍鶏。カマンベール一切れにトマト半個で朝ごはんの第一部終了。今日は郷里徳島の家に工事が入るので立ち会う。六時過ぎの電車に乗らなければ予定をこなしての日帰りは難しい。ＪＲ舞子までは約二時間、朝ごはん第二部は改札口の前のパン屋で定番のモーニング。コーヒーとパン、ちょっとした野菜とゆで卵。バスを待つ間の貴重なおひとり様タイムである。ゆで卵は慌ただしかった今日の夕食として家人のサラダに鎮座する。

（京都・今城知子）

蜃気楼絵本の町に君眠る

5月21日　浅草三社祭

今日の季語　穴子

今日の味噌汁は（豆腐、えのき、ネギ）、それからひじきの煮もの（蓮根、人参、牛蒡）、胡瓜の酢の物（ワカメ、糸寒天、生姜入り）、厚揚げのグリル焼（おろし生姜、ネギ、味醤油）、しめじと塩鯖の天ぷら。この塩鯖の天ぷらは皆さんにおすすめ。塩鯖を一口大に切り衣をつけ、揚げた鯖をただ切るだけ。塩鯖の塩の加減で美味しく戴ける。天つゆは必要がない。一人で生活をしていると一匹塩鯖を買うと困ってしまうのだが、素材を色々に工夫をして美味しく戴けた時は幸せである。

（大阪・岩下恵美子）

しばらくは窓開けておく穴子めし

5月22日　サイクリングの日

今日の季語　蜜豆

夫が退職してから朝ごはんは早起きの彼の担当となった。メニューはいくつかあるが、今日は紅はるか中位のもの一本。とても甘いさつま芋だ。大量に購入して蒸して冷凍しておいたものをチンする。あと毎朝かかさずヨーグルト。これはフジッコのカスピ海ヨーグルトを家で育てたもの。中にバナナと季節の果物。少し前まではイチゴだったが今日は種ぬきプルーンが入っていた。飲み物はコーヒー。とてもシンプルだが朝は食欲がないので十分だ。それに夜更かしの私は朝ゆっくりできてとてもうれしい。

（京都・岩田むつみ）

朝摘んだミントをそえて白玉みつ豆

5月23日　ラブレターの日

今日の季語　薔薇《ばら》

むし豚と葱の和え物、コンニャクのたいたん、竹輪二切れ、豚汁、ご飯。豚汁はインスタント。あとは昨晩の余り物だ。本来、次女の弁当になるはずだったが、彼女が寝過ごしたため、詰める時間も無かった様で私がたいらげた。普段の私は朝、食べない派だが、やはり捨てるのはもったいない昭和の人間だ。「たいたん」は京都独特の言い方。煮物とは若干ニュアンスが異なる。この一品にしっかり手間ひまかけた事を、暗に伝えたい、京都人特有の奥ゆかしさ？　まぁ家庭では使いません。

（京都・植田かつじ）

手のひらで薔薇を潰して鼻ほじる

5月24日　神戸湊川神社楠公祭

今日の季語　郭公《かっこう》

ヨーグルト一カップ。Sサイズのくるみ入り食パン一枚にコーヒーとフルーツトマト一個。ん？　前にもこんなことを書いた記憶が、と調べたら八年前の「船団」にほぼ同じことを書いていた。変わったのはパンの種類。当時、気に入ったチーズパンを食べ続けていたのだが、一つのものに執して変化を嫌うのは年寄りの習癖とからかわれたことへのささやかな抵抗だ。トマトは櫛型に切り七味と醬油をかける。朝食べるトマトは健康によいとのテレビ情報を採用。この偉大なる？　ワンパターンは今や精神安定剤。

（大阪・内田美紗）

「風の森」バス停に降り遠郭公

5月25日　東京湯島天神祭

今日の季語　蟻《あり》

カフェオレ、はちみつをかけたチーズトースト、フルーツにたっぷりとヨーグルトを添えたもの。朝は猛スピードで弁当も作るのでどうしても朝食は簡単なものになってしまう。一年中通して大体こんな感じだ。トーストが天然酵母の塩パンになったり、クロワッサンになったりするくらいで変わりばえしない。バタバタと支度をしてやっと座って食べ始めると、飼い猫がいそいそとやってきて、ちょこんとお行儀よく隣に座る。ヨーグルトがお目当てなのだが、そんなこと知らないわ、といった風に座っている。

（山口・内野聖子）

蟻の道行く先々で迷うもの

5月26日　ル・マンの日

今日の季語　飛魚《とびうお》

丸こんにゃくと竹輪とさやえんどうの炊いたん。小松菜とお揚げさんの煮びたし。そして漬物代わりに明日香の橘寺のご住職からいただいた「生姜の佃煮」。炊いたんと煮びたしは昨晩の残りもの。普段はもう一品家人の拵え物が付くのだが、生憎、朝早くからのお出かけ日ということで。ただ、私は風味豊かな生姜の佃煮がお気に入りでこれに白ごはん一杯あれば十分。茶漬けにしていただくと日本の朝を実感できる。明日香村ではこの生姜を保存しようと穴を掘ったら高松塚古墳が見つかったとか…。

（京都・宇都宮さとる）

飛魚の群れ青空広くなりにけり

5月27日　日本海海戦の日

今日の季語　さくらんぼ

食パン一枚の半切れ。紅茶。高血圧の薬二粒。高脂血症の薬一粒。水。今日から船団の初夏の集いだが、私は仕事で参加できなかった。定年前になって要職を任され、非常に慌ただしく過ごしている。今日も朝食はいつも通り。実に簡素だが、私にはこれで十分だ。ただ、紅茶だけ贅沢かも知れない。イギリスにいた時に飲んでいたテトリーをネットで取り寄せて飲んでいる。濃厚な味で、ミルクを加えれば、とてもおいしい。今日はゼミ生の保護者の方との面談。この後、スーツに着替えて、さあ、がんばろう。

（京都・乳原孝）

男にも上を向かせるさくらんぼ

5月28日　業平忌

今日の季語　めだか

今日は日曜日、いつもより一時間遅く七時半に起きて二人の朝食準備をした。五枚切りの食パン一枚に胡麻マヨネーズを塗り、明石からのちりめんじゃこを載せ、その上に四角いスライスチーズを置いてこんがりと焼く（主人のはバターに蜂蜜）。牛乳はマグカップ一杯に匙一杯のコーヒー粉、砂糖を入れ温める。ヨーグルトにプルーン、干しぶどうを混ぜる。リンゴ半個、バナナ半本、イチゴ五粒を切って盛りつける。ヨーグルト一本、年齢を重ねるにつれ、やはり健康第一に考える。

（兵庫・若森京子）

ふくしまや言葉のはじまりはメダカ

5月29日　こんにゃくの日

今日の季語　麦秋

カゴメの「野菜一日これ一杯」に、琉球もろみ酢を大匙一杯加えて最初に飲み、そして妻の手作り食パンを一枚、スライスチーズを載せてトースターに入れた。次に牛乳カップ一杯分をレンジで温める。音が鳴りそれぞれを取り出すが、トースターは床に近いところにあったので、手の平がトースターの熱くなってる部分に触れてしまい、軽く火傷をしながらも、ヨーグルトに、キウイ半個とブルーベリージャムを甘味づけに入れ、混ぜながら行けなかった昨日の初夏の集いを想い、栗の木の小スプーンで食べた。

（徳島・梅村光明）

麦秋や脳ニューロンも刈り取られ

5月30日　消費者の日

今日の季語　青蛙

今日は、映画合評会の日だ。「マンチェスター・バイ・ザ・シー」について語り合うはずだったけれど、風邪で休んだ。この映画の中での朝食は、シリアルとミルクで殺風景だ。アメリカの一般家庭の様子だろうけれど、主人公と甥、甥の彼女の薄い関係を象徴するシーンにも思えた。

今朝の食卓。白飯。納豆。生卵。若布のおみそ汁。西瓜。茄子の漬物。名古屋土産のういろう。隣人からの熊本土産の辛子蓮根。ごちゃごちゃしてる。朝食は、人間の繋がりが垣間見えてしまうのかも。

（大阪・衛藤夏子）

バス待ちの列にひょっこり青蛙

5月31日　世界禁煙デー

今日の季語　馬鈴薯の花

メンチサンド。メンチは、ご近所の十条商店街「塩や」で昨夕買った。一枚一二〇円だが、肉がもりもり。薄いパンを軽くトースト。バターを塗り、キャベツ千切り、温めたメンチに特製ソースがかけてある。しかし、いきなり食べてはいけない。まず、野菜。オクラとブロッコリーの芯をミキサーで粉砕してミルクで煮たスープを飲む。デザートにヨーグルトを少々。以上、妻の担当。和食の時はわたしが作る。その時は必ず納豆を食べる。関東人が納豆好きとは限らない。わたしは嫌いだが食べている。

（東京・えなみしんさ）

じゃがいもの花男爵はこだくさん

6月1日　貴船祭

今日の季語　水無月

今朝は夜勤明けだ。眠いのを我慢してスーパーへ。平飼い卵、生クリーム、無塩バターを買う。分厚い殻を割ると黄身が濃い。泡立て器でよく混ぜガーゼで濾す。そこに生クリームを加える。卵料理専用のミニパンを強火で温めバターを一〇g。溶けきる前にさきほどの卵を流し入れ、すぐ弱火にしてヘラで大きくかき混ぜる。全体が固まりだしたら火からおろして混ぜ、また火にかける。これを繰り返す。甘い香りでいっぱいになる。ホテルシェフ直伝、特製スクランブルエッグ。

（京都・おおさわほてる）

水無月に越して来ました火星から

6月2日　本能寺の変

今日の季語　夏服

スパニッシュオムレツ季節限定日本風。これは昨日の夕食の残り。それにレタス、トマト、ロールパン、オレンジジュース。スパニッシュオムレツはジャガイモと玉葱入りのキッシュが定番。近所の道の駅で買った豌豆《えんどう》を入れたので日本風。季節感も出て彩も鮮やか。スペインでは、ピザの具材のように腸詰ソーセージやマッシュルームなど様々な材料が組み合わされるが、豌豆は聞かない。昨日から滋賀県高島の小学生がカヤックでの琵琶湖上四〇㎞一泊二日の旅に出かけたという。今日もいいお天気。

（滋賀・ＳＥＩＫＯ）

夏服のスパイのすわる鴨川べり

6月3日　ムーミンの日

今日の季語　蛍

こんがり焼けた食パン一枚に苺ジャム少々、一〇〇％野菜ジュース一杯、新たまと新じゃがの入った味噌汁一杯、苺三粒。これがこの日の朝ごはん。新たまと新じゃが、それに苺は孫が幼稚園の屋上の畑で収穫し持ち帰ったもの。これらは「新」がついていて「今が旬」だとわかる。苺も年中食べられるが、露地栽培ものなら旬である。今朝の三粒は、昨夜の孫のデザートの残り。平日は、八時過ぎ幼稚園へ向かう孫を玄関で見送り、それから朝食。今朝は孫様々の食材である。（京都・太田正己）

にわか雨恋の尻滅す蛍かな

6月4日　虫歯予防デー

今日の季語　青梅

朝、三時起床（一〇年位前から）。ラジオの深夜放送、読みかけの本を読む。椅子に座ったまま手足の軽い運動。石神井川の周辺一巡。帰宅すると五時。朝食はみつ豆、野菜炒め、目玉焼き、コンブ茶。野菜炒めは、私の好物の豚肉を最初に、味付けは味覇《ウエイパー》。同じフライパンで卵一個の目玉焼き。胃袋が喜んでスキップ。三合の米を炊くと一週間はある。大方は雑炊で野菜、油揚げ、蒲鉾、なんでも入れるゴッタ煮だ。朝だ朝だよ、朝日が昇る。この歌を口ずさみながら私の一日が始まる。（東京・大西順子）

青梅や地球の罠に堕ちてゆく

6月5日　落語の日

今日の季語　豆ごはん

珍しく早起き、多摩川土手へ向かう。ランニングシューズの紐を結び直し、顔を上げた瞬間広がる緑がまぶしい。謎の拳法を披露しているおじさんに出合う。眼差しは真剣だ。しばし見学。土手は色々な人がいて楽しい。調子に乗って全力疾走。湿気をはらんだ風が体に絡みつく。走れば当然お腹も空いてくる。パン屋「ミッキー」へ。お店のおばあちゃんとお喋りしつつ、いつもの卵サンドを買う。みっちりと具が詰まった姿は、改めて見ると極めて官能的。顔をくしゃくしゃにして頬張るのが最高の食べ方だ。（東京・近江文代）

病床の母太らせて豆ごはん

6月6日　楽器の日

今日の季語　蝸牛

ホットケーキサンド二切れとホットコーヒー。ホットケーキサンドは妻が前日に買っておいてくれたもの。これをオーブントースターで焼いて食べる。妻は九ヶ月になる息子に添寝中。四月一日から朝食は五時四〇分。以前より一時間早くなった。勤務先の学校が替わったため。もちろん起床も。六時五分には家を出発。七時三〇分に学校に到着する。もう一時間遅く出勤もできるが、満員の電車を避け、空いた電車でゆっくりと二度寝を楽しむ。朝食が早いためか、学校に着くと既に給食の時間を楽しみにしている。（大阪・岡清範）

キーボードNの上には蝸牛

6月7日　東京日枝神社三王祭

今日の季語　卯の花

フランスパン二切れ、ウィンナーソーセージ一本、それにトマトジュース一杯。トマトジュースはオリーブオイルを少し加え、電子レンジで温めて飲む。これは妻が何かの番組を見て、糖尿気の私には良いらしいとのことで、半年前から始めた。今朝は六月に入り初めて朝からの雨。ニュースでは、まもなく梅雨に入るとか。フランスパンとウィンナーは六月一日から朝食に加えた。この日から勤務先を変え、これを機に少し早く起き朝食をゆっくりとることにした。梅雨明けまでこのリズムは続いていているだろうか。（大阪・岡清秀）

卯の花や名刺に一つ誤植あり

6月8日　長明忌

今日の季語　蚊

夏風邪をひいてしまったが昨日飲んだ葛根湯が効いたのか食欲がある。中辛塩鮭（本当は大辛を食べたいのだが塩分過多を咎められ日和る）、オクラのおひたし＋削節、なめこと葱の味噌汁、胡瓜と蕪の糠漬け、卵豆腐、梅干、三分づき玄米＋雑穀。食前にかりんの蜂蜜漬けの水割を飲む。喉に冷たくて快感。と、ここまでで既に午前一一時。宵っ張りの朝寝坊なので八時前に起き庭掃除、鉢物の水遣り等々で朝食開始は一〇時を過ぎることに。道行く人に褒められていた薔薇がピークを過ぎ、いま柏葉紫陽花が満開。（千葉・岡野泰輔）

蚊の声に聞きおぼえあり今朝の庭

6月9日　ロックの日

今日の季語　皐月闇《さつきやみ》

六枚切り食パンを二枚トーストして、一枚にはスライスチーズを載せ、もう一枚にはブルーベリージャムをスプーンに山盛りにして塗って食べる。インスタントコーヒー砂糖入りをマグカップで飲む。三〇年前の独身時代からの変わらぬメニューだ。いや、前はチーズの代わりにハムとマヨネーズだったが、一度ハムで食中りしてから変えたのだった。チーズは三〇枚以上、ジャムは大瓶を五つ以上ストックして、常に切らさぬようにしている。パンだけは、週に二回は入手しなければならないのが問題である。

（滋賀・岡野直樹）

戦前の匂いがしてる皐月闇

6月10日　時の記念日

今日の季語　時計草

六月一〇日は父の誕生日だ。「お父さん九三歳の誕生日おめでとう」。確か父は八年前に亡くなっているのだが、今だに母は誕生日と命日はいつもの米、水、お茶の他に生菓子も供える。この日の母の朝食は八枚切り食パン一枚、自分で作ったりんごジャム、牛乳、バナナ、番茶。食後はバス通りを眺められる縁側に行ってしまった。さあ私の朝食だ。玄米（ひとめぼれ、黒米、赤米、小豆入り）を酵素炊きで軽く一膳と春先に作った山椒の佃煮と自家製味噌の味噌汁をひとりでゆっくり食べた。

（神奈川・あざみ）

左胸のときどき痛む時計草

6月11日　入梅

今日の季語　梅雨

ぬく飯茶碗一杯。じゃがいも、玉葱、松山揚げ（超薄い油揚げで、揚げ煎餅のような感じ。味噌汁に旨味が溶けて実に旨い）の具に刻み葱少々の味噌汁。鯵の開き。茄子と胡瓜の浅漬け。人参と炊合せた高菜の煮物。食後に、コーヒーの牛乳割りマグカップ一杯。野菜は全て自家製。我が家で「岡本農園」と呼ぶ七年前に借りた畑。豊作だとお裾分けや冷凍保存するが、豊作となることは珍しい。そこは素人。が、なんといっても一番の御馳走は、四〇年間欠かさず作り続けてくれている妻の愛情。感謝、感謝。

（愛媛・岡本亜蘇）

梅雨入りのしきりと鶏が気に懸る

6月12日　パンの日

今日の季語　黴《かび》

今日はねんてん先生の「俳句教室」の日、少し急いでいる。それでも毎朝のスムージーはいつものように、小松菜、人参、りんご、バナナに豆乳を加えてミキサーで攪拌する。厚切りの食パン半分とスライスチーズのトースト、庭に生るグレープフルーツのジャムをつける。ヨーグルトにナッツを少々。トマトに自家製温泉卵一つ。夫が元気で子供達が学生だった頃、毎朝、卵料理を作って重いと嫌がられていた事をふっと思い出す。最後に熱いミルク紅茶を一杯。薔薇に蜂が二匹来た。蜜を吸い始めている。

（京都・小川弘子）

くらやみの黴は瑠璃色そとは雨

6月13日　加賀百万石まつり

今日の季語　蛞蝓《なめくじ》

朝食はパンであったりおにぎりであったりする。今日は目玉焼きと少し甘めの食パン。妻の母の焼いたパンである。なぜいつもより甘いかというと、生地にレーズンを入れる予定で少し砂糖を入れ、レーズンを入れ忘れたらしい。レーズンを入れるためには少しパンを甘くしなければならない。そんなものかと思いながら食べている。食卓の窓からは、オオサンショウウオの棲む川を挟んで大きな竹藪が見え、今その竹に花がついている。毎日「ミシ」「パキ」などと不穏な音を立てている。

（兵庫・小倉喜郎）

蛞蝓にどこでもドアがあったなら

6月14日　大阪住吉大社御田植神事

今日の季語　胡瓜《きゅうり》

胡瓜、トマト、茹で卵のサラダを小鉢に。ドンクのハードトースト一枚にチーズをのせてこんがり焼く。コーヒーと砂糖を入れて牛乳コップ一杯。アムスメロン（島根の兄から届いたもの）八分の一とバナナ二分の一。ずっと晴れの日が続いていたので庭の花に水をやり七時すぎからテレビを見ながら一人でたべる。五時ごろに起きている主人はパンのかわりにお餅を焼いて黄粉をつけて六時半頃たべているようだ。今日六月一四日は長野に住んでいる二女の誕生日。彼女にメールでもしてみよう。

（滋賀・尾崎淳子）

胡瓜揉み日本に夏のあるくらし

6月15日　かばんの日

今日の季語　天道虫《てんとうむし》

ホテルのビュッフェ。黒豆、昆布パンのラブフ、バター二つ塗るというよりのせて食べるのが好み。トマトジュース、サラダ、札幌名物のスープカレー、しっかり焼いたカリカリベーコン二枚、あとは小振りのラムオムレツ。ふだんはこんなに食べない。ビュッフェの誘惑に弱い。カプチーノ一杯、ライチ一つ、モンキーバナナ一つ、ぶどう三つは皮ごと食べる。窓の外には山の中腹の母校がみえる。あの坂道を三年間休まず上り続けた。母校から広がる街を見下し授業の半分聞いてなかったのがよみがえった。

（神奈川・尾野秋奈）

むすんでひらいてあっ飛んだ天道虫

6月16日　和菓子の日

今日の季語　白玉

まずは小さなカップ一杯の白湯を飲む。春先から始めたが、何となく健康雑誌に書いてあった通り体調が良い。そして弁当箱にご飯を詰めるついでに握った俵型のおにぎりを一つ食べながら卵焼きを焼く。わが家は母親譲りの砂糖と塩少々で味付けた甘口の卵焼きが定番。娘用にハート型に切り、残りの端を二切れ口に入れる。カップ一杯のカスピ海ヨーグルトに自家製の青梅ジャムをスプーン一杯。パン教室で焼いた抹茶小豆食パンを二分の一切れ。カップ一杯のカフェオレ。すべて立ち食い。所要時間三〇分。

（兵庫・尾上有紀子）

白玉と愉快な仲間大嵐

6月17日　おまわりさんの日

今日の季語　青田

和風パスタ一・七㎜の乾スパゲティは二時間ほど鍋に漬しておくと生のようにやわらかくなり、二、三分で茹であがる。この日は浦和での句会のため、手間をかけない朝食に。茹であがったパスタに明太子、納豆、白子、海苔、プラス勝手に茂って来た青紫蘇をまぜまぜにパルメザンチーズとオリーブ油。ものの八分とかからず出来上り。デザートにバナナ入りヨーグルト。年齢と共に、予期せぬ病気や故障も増えつつあり、ドクター・ストップの食べ物もある。楽しみは句会後の飲み会。元気の因。

（東京・折原あきの）

みちのくや青田千枚千の風

6月18日　父の日

今日の季語　Tシャツ

毎年正月を沖縄で過す友人が、島らっきょうの苗をくれた。大阪で島らっきょうが育つものかといぶかりつつ、プランターに植えた。今年、春の兆しはかなり怪し気だったが、プランターは青々。気持ちが走って数本引き抜き、塩漬けにした。今週末六月二四日は沖縄慰霊の日。食卓に沖縄を、と考えた。島らっきょう、ゴーヤ、モズクの味噌汁という朝飯。何か少し足りない。泡盛だ。朝だからといって泡盛を飲んではならないという家訓はわが家にはない。波照間の泡盛を飲んだ。鎮魂の風が吹いた。

（大阪・甲斐いちびん）

Tシャツの裏は波照間蝶わたる

6月19日　桜桃忌

今日の季語　鮎

ごはん半膳、味噌汁というより大根や茸など油揚げの味噌煮のようなもの椀に一杯、納豆、野菜炒め、キムチ、焼き海苔、食後にコーヒーとナッツ。味噌汁も野菜炒めも夕べの残りを温めたもの。朝食は早く起きたものが用意する。ほとんど夫である。大抵は待っていてくれるけど、あまり遅いと先に食べている。今朝は八時前に起きたので一緒に食べることができた。庭から大葉をとってきて納豆に混ぜたりもした。庭に胡瓜の花が咲いている。しばらくしたら、夫の作る胡瓜の浅漬けが並ぶだろう。

（奈良・香川昭子）

たそがれるとはひとり鮎食べている

6月20日　竹伐り会式

今日の季語　紫陽花《あじさい》

コロネ、クロワッサン、コーヒー。このパンは昨日祖父が買ってきてくれたもの。最近祖父はパン派だ。近所のパン屋に通い、私の分まで買ってきてくれる。この習慣がついてから祖母が私のことを注意することはなくなった。以前はよく「日本人やねんからお米食べなあかん」と言われたものだった。祖母は本当にお米が好きな人で、ラーメンであってもグラタンであっても、サンドイッチであっても、最後には必ずお漬物とお茶でさらさらと白ご飯を食べる。祖母のご飯派はこの先もきっと揺るがないだろう。

（京都・加藤綾那）

紫陽花やみんなの海馬濡れている

6月21日　夏至

今日の季語　短夜

ぶどうパン一枚、ブルガリア・プレーンヨーグルト大匙山盛り三杯にキウイ半分、バナナ半分を入れる。ポークウィンナー二本。牛乳コップ一杯。全部週一回生協から配達される品である。朝食は九時から九時半。毎年裏庭の花壇にチューリップを咲かせ、終った頃に夏野菜を植える。夫との共同作業であった。今年はキュウリ三本、トマト三本を植えた。梅雨に入った初めての雨で根っこから倒れてしまった。支柱が弱い。青いトマトが鈴生りで起すのに重たかった。支柱を追加したが助かるだろうか。

（京都・加藤和子）

短夜や一筆箋の友と酌む

6月22日　ボウリングの日

今日の季語　黒南風《くろはえ》

プラスチック容器に小松菜を生のままちぎってはちぎっては入れ、バナナをスプーンで輪切りにしながら落とし込み、ひたひたの牛乳、専用匙一杯のプロテインを入れて機械にセットし、一気に混ぜる。若い同僚には「美魔女ですか！」と笑われたが、夏バテで体調を崩しがちな自分が色々試した挙句に辿り着いたのがこのスムージーだった。腰に手を当て、もったりとした液体をごくごく飲み干した後の「おれ朝から健康にいいものばっか摂ってるぜ」という安直な自己満足が、夏に漕ぎ出す助走をつける。

（宮城・夏冬春秋）

黒南風と業と浮気を辞書で引く

6月23日　沖縄慰霊の日

今日の季語　香水

朝食は簡単。冷蔵庫からシラスが出され、小鉢に盛られる。お茶碗に白米。さて、シラスをご飯にのせるか、そのまま食べるか。ご飯にのせるなら醤油をかけるか。小鉢のままならポン酢をかけるか。いや、小鉢のままでも醤油がいいか。簡単ながら人生は選択の連続である。最後に梅干。軟弱なので、はちみつ入りの南高梅。それを一口で食べる。いかにも男である。これで完了。昼のお弁当ができ上がっている。それをさっと鞄に入れて出かける。いかにも勤め人である。

（京都・若林武史）

香水や恋しい人はあなたかも

6月24日　UFOの日

今日の季語　若竹

鰆《さわら》の西京焼き。蜆《しじみ》の味噌汁。お茶碗に軽く一杯のご飯。しいたけと小松菜の煮びたし。塩麴で味つけしたパクチー入りの野菜サラダ。香りの良い静岡茶。苺狩りして作ったジャムを載せたヨーグルト。毎朝、たいてい和食をいただく。しかも、かなりしっかりと。三月末、夫が定年退職して単身赴任先から戻ってきた。夫婦二人の朝ごはんだ。平日は、朝早く仕事に出かける私に代わり、夫が手早く朝食を作ってくれる。これも単身赴任の成果だろう。でも、きょうは土曜日。遅めの朝食は夫と私の合作である。

（兵庫・川上響）

若竹を吹きぬく風や古墳群

6月25日　住宅デー

今日の季語　水羊羹《みずようかん》

阪神野田駅前のすき家。牛丼並盛のおしんこセットを注文する。運ばれてきた牛丼は明らかにご飯の量に対して牛が少ない。店員を恨む。本日は一〇時に起床。同居人の小鳥遊栄樹を朝飯に誘うが断られる。仕方がないので独りで食べに来ている。健康のことも考えておしんこセット。だが、おしんこが塩辛い。ますます健康から離れていく。店員を恨む。本日は日曜日。しかし正午から出勤。これが朝食と昼食の兼用。完全に堕落している。明日は加藤綾那さん、大林桂さんと三人で食事。酉年生まれの会の結成式。

（大阪・川嶋健佑）

堕落して水羊羹は成れの果て

6月26日　露天風呂の日

今日の季語　立葵《たちあおい》

サラダ（レタス、ミニトマト、きゅうり、沢庵の刻んだもの、粉チーズ）、シークヮーサードレッシング。夫婦二人になって、最近、朝のサラダは夫の担当。今朝は黄色い沢庵を刻んでトッピング。これは夫の発案だが、色がきれいで噛んだ時の意外性が楽しい。ゆで卵一個。トースト一枚。夫の手作りヨーグルトにアドベリージャム。コーヒー一杯、ミルク。デザートはアドベリー。これは昨日、道の駅・藤樹の里の収穫祭で買ったもの。安曇川で育てたボイセンベリーだという。甘くて酸っぱかった。

（滋賀・川島由紀子）

池蝶貝のはばたく空へ立葵

6月27日　ちらし寿司の日

今日の季語　水馬《あめんぼう》

王様のメロンパン一個（とろ～りとしたメロンの果肉入りクリームとふわっ～とした食感がなんとも言えず美味しい）。スクランブルエッグにサラダ菜とベータカロテントマトを添えて。ベビーチーズも一個。食後に宮崎産の完熟マンゴー二分の一と好物の下津の枇杷二個。緑茶二杯。ベランダに日毎来る雀二羽の鳴き声と老犬の温かな眼差しの中での午前一〇時二〇分からの朝食である。今日六月二七日がちらし寿司の日であることを知った。藤井四段の史上初二九連勝の記事が朝刊の一面を飾っている。

（兵庫・川副民子）

ドローン飛ぶ水面すいすい水馬

6月28日　パフェの日

今日の季語　ジューンドロップ

一人暮らしの朝食は残りもののオンパレード。でも、今日は豪華。シンガー仲間が遊びに来た時に作ったものが少しずつ残っているから。まず、お気に入りの紅茶をいれ、ミートパイのヘタを温める。ご飯、さつまいもとニンジンの茹でたの、おからが一口ずつ。あ、ピンと来た。全部混ぜて手作りドレッシングでサラダ仕立てに。そして作り置きレバーの煮たのを一切れ。毎日チェックしている栄養素も、この一食でバッチリ。全て手作りなので味のイメージもまとまったわ。う～ん美味しい。やっぱり、私って天才！

（大阪・川添光代）

ジューンドロップ君と居て二つ三つ

6月29日　ビートルズ記念日

今日の季語　蜥蜴《とかげ》

新じゃがと玉ねぎの味噌汁一杯。自家製塩麴（津久茂麹）で漬けた茄子と胡瓜の浅漬け。愛南町岸本さんの甘いトマト。目玉焼き一個。牛乳コップ一杯。トーストしたパンは、吟行の途中で買った「一本堂」の食パン。もっちり旨い。わが家の朝食は、夫はご飯、私はパン食なので、夫用に納豆を用意する。和洋折衷だが、パンに味噌汁も不思議に合うのだ。愛犬用の朝食（鶏ささみ、ドッグフード、ヨーグルト）も用意する。夫は朝五時半に犬の散歩に出てゆくので、夏の朝食は六時一五分。ちと眠いのである。

（愛媛・河野けいこ）

太陽も蜥蜴もしづか朝ぼらけ

6月30日　夏越《なごし》祭

今日の季語　茅の輪

JR三ノ宮駅東口のコーヒーショップ「ドトール」での朝食。おすすめモーニングは、パストラミとチェーダーチーズのサンドイッチとコーヒーのセット。燻製肉に黒胡椒スパイスがきいているところが好きで、量的には物足りなかったが、三九〇円という安価にもつられ迷わず注文だ。淡路島で午前からの仕事が入って、九時に出る高速バスに乗るために、今日は久しぶりに早起きした。店の静かな二階で、ちょっとした異邦人気分も味わいながら、いつもよりゆったりと内から外へのモード切替をしている。

（京都・川端建治）

ゆるゆると茅の輪に結へりユダの紐

7月1日　海開き・山開き

今日の季語　文月《ふみづき》

トースト五枚切りを一枚。ブルーベリージャム。目玉焼、卵一個。冷やしトマト二分の一。牛乳コップ一杯。バナナ一本。季節によって、バナナが他の果物に変わる。

朝は寝起きが悪く、食欲が無いので、手のかからないものばかりだ。低血圧と貧血、という勝手な言いわけをしている。毎朝、NHKの朝ドラを見ながらの朝食だ。今日は朝から物凄く蒸し暑い。午後は、高槻の「北摂句会」に出席の予定だ。三人娘？　が久しぶりに揃う。二次会のビールが楽しみだ。

（京都・北村恭久子）

文月をコロンの匂う先生と

7月2日　半夏生

今日の季語　合歓《ねむ》の花

いつもの朝と同じように、まずトマトジュースをコップで一杯。日曜なので少しゆっくりめの朝食。トマトソースのピザトースト一枚。厚めに切った食パンの上にチーズと、ピーマン、ソーセージが載せてある。それをオーブントースターでしっかり焼く。紅茶に、あとはバナナ一本（食べやすいように小ぶりなもの）とドリンクヨーグルト一個。飲み終ったら容器は自分でさっと洗い、ラベルをはがしてペットボトルの分別カゴに入れる。今日は将棋界の怪童藤井聡太四段の三〇連勝がかかった一番がある。

（大阪・木村和也）

合歓咲いて少年棋士の真白な手

7月3日　ソフトクリームの日

今日の季語　虹

「ぽりり！」といい音。爽やかな香りが広がった。地元の野菜無人販売所で買ったばかりの新鮮なきゅうり。夏だなあと感じながらマヨネーズをつけてぽりぽり食べる。マヨネーズを口にすると思いだすこと。裕福な友達の家で子どもの頃の母が初めてマヨネーズを目の前にして、こんなにおいしいものがこの世にあったのかと大感激！　中学に入ってその子と疎遠になってしまったが今でも時々思い出すらしい。朝が苦手な私はきゅうり片手にぼーっとしていると、あっという間に出勤の時間が迫っていた。

（東京・紀本直美）

すきだから虹をかけようマヨネーズ

7月4日　アメリカ独立記念日

今日の季語　雲の峰

焼き立てにバターと蜂蜜を塗ったトーストを二枚。新玉葱、茗荷、胡瓜、新生姜、新人参の薄切りをミツカンのカンタン酢に漬けたピクルスとレタス。ボンレスハム二枚。ブルーベリージャムを垂らしたヨーグルト。昨日娘から届いた私の大好きなサクランボ（切子ガラスに盛り付ける）。茹でたて枝豆。レモンティー。野菜類は毎週金曜の農協の朝市で手に入れる。蜂蜜、ジャム類も農園製の新鮮でなかなかの味。食パンは伊東駅近くのベーカリーのパンが気に入っている。

（静岡・桐木榮子）

雲の峰レッドバロンと言う屋号

7月5日　穴子の日

今日の季語　西瓜《すいか》

食パン薄切り一枚に枇杷ジャム。リンゴ四分の一個、バナナ二分の一本に牛乳を加えてミキサーにかけたスムージー三五〇cc。キャベツ一枚、パプリカ六分の一個、いんげん豆二本、豆腐少々の温野菜に生ハムをのせたゴマドレッシングのサラダ。ゆで卵一個。

これで一〇品目は超える。一日三〇品目を目指して頑張っているが、大抵到達寸前で何かが重なって難しい。特に年をとると食事自体の量が減って到達点は遠のく。目標を食品群の分類別に定めた方が達成感があるかもしれない。

（京都・朽木さよ子）

□□□スイカと埋めて貰う西瓜

7月6日　東京入谷朝顔市

今日の季語　登山

昔、我が家では、朝ごはんの前に「お目覚め」と名付けられたお菓子を食べることになっていた。子供が早起きするために母が「お目覚めあるで」と声をかける。子供は「お目覚め」欲しさに起床する。檀家さんからいただいたお菓子が配られて、ぐらぐら煮立ったほうじ茶の匂いと一緒に食べた。そのあと朝ごはん、という順番だった。バリ島では「お目覚め」ジャジャン（朝専用のおやつ）で釣っておいて、イワシの甘辛炒めと、バナナの幹を炊いたもので朝ごはん。習慣は世界共通なのであった。

（京都・朽木りつ子）

登山後の帽子に金平糖ひとつ

7月7日　小暑・七夕

今日の季語　七夕

じゃがいもと若布のみそ汁。胡瓜の浅漬け。富山産の炊き立てご飯。ご飯には、ちりめんじゃこをまぶし、醬油をかけて食べる。みその具材は、次女の好きなじゃがいもと玉葱にしようと思ったけれど、なんだか玉葱の皮むきが億劫になり、予定変更。ごめんよ、美喜。

食後に青汁七〇gを一気飲み。美容と健康に効いているのかどうかはよくわからないけれど、「継続は力なり」。ヤクルト風味で飲みやすく、とりあえず、五年ほど飲み続けている。

（兵庫・工藤惠）

七夕や心変わりで始まる日

7月8日　質屋の日

今日の季語　蟬《せみ》

若布とお豆腐の味噌汁一杯（あご出し汁、タニタ食堂使用のマルコメ減塩味噌使用）。船団のNさんから味噌汁へソーセージを入れると美味と聞く。納豆一パック葱入り。目刺し二尾。かぼちゃと小豆の従妹煮小鉢。白米一杯。グレープフルーツ半分。珈琲（ミルク、砂糖少し）一杯。総計四五〇カロリー。サプリメント二錠（始皇帝も愛用）。医者からの薬なし。一日一四五〇カロリーの摂取。人間は小食の雑食動物だ。このカロリー維持は毎日体重計に乗れば継続可能。そうだ今日はミニ薔薇を買いに行こう。

（大阪・くぼえみ）

目刺し二尾捕食してみんみん蟬

7月9日　浅草観音ほおずき市

今日の季語　アイスクリーム

ピザ風トースト一枚。食パンにハム、キャベツとピーマンは千切り、玉ねぎ、トマトは薄切り、チーズを重ねて載せ、チーズにうっすら焦げる程度に焼く。同時にコーヒーを沸かす。コーヒーはマグカップ一杯だが、三分の一はブラックで残りは牛乳をドバドバと入れ、パンを頬張りながら飲む。
　パンはアルミホイルを敷いて焼くと上側はこんがり、下側はふんわりしっとりしていておいしい。ＴＶ番組の受け売りだが気に入っている。ヨーグルトは風邪防止のお呪いとして毎日一本飲む。

（大阪・久保敬子）

アイスモナカパリッと割って老夫婦

7月10日　納豆の日

今日の季語　枇杷

炊きたてのご飯を茶碗に盛ると朝食は一段と笑顔になる。美味しい。山形産のつや姫は節くれだったおじさんから昨日届いた。早速今朝炊いた。のどぐろの旬干しがあったので、それを焼いて豪華な味となった。お味噌汁は若布と麩入りの即席だ。テーブルに洋食も並ぶ、無塩の食パンのトースト一枚にブルーベリージャムをたっぷり塗った。牛乳一杯、バナナ一本、菠薐草《ほうれんそう》のバター炒め。
　夫の朝食はほぼ洋食に近い。夫は自分で料理する。無農薬の野菜作りも始めた。

（大阪・藏前幸子）

枇杷の森通り抜ければ遊覧船

7月11日　セブンイレブンの日

今日の季語　夏帽子

コーヒー。メロンパン。ヨーグルト。葡萄（デラウェアというらしいが、知らなかった）。小さい葡萄、で通じる。母が季節ものだと買って来てくれたが、少し早くないか。ヨーグルト、コーヒーは季節を問わず定番。かつて坪内稔典少年は、神戸の子どもは毎朝パンを食べていると聞かされたそうだ。ネンテン氏があんパンが好きなのはそのせいだ、というのは本当だろうか。ともあれ、半世紀以上、時代も年齢も違うが、私はパンとコーヒー。偶に季節を感じながら、朝食を楽しんでいる。

（滋賀・久留島元）

テロ等準備しないあなたの夏帽子

7月12日　人間ドックの日

今日の季語　夕立

米粉パン二個、にぎりこぶし大の大きさのをトースターで少しこげ目がつく位焼く間にミルクティー（ホット）を入れる。しょうがのスライスも一緒にカップに注ぐ。プレーンヨーグルトに少し蜂蜜をかける。パンにも少し付ける。西瓜八分の一のを五つに切って一つかぶりついた。今朝はいつもより少し沢山食べたのにやっぱりお腹がすいてきた。美容院が思いの外混んでいて、終わったのが午後三時三〇分を過ぎていた。それからバーゲンのシャツやタオルを見ていたら、五時近くになってしまった。

（大阪・黒田さつき）

夕立が来そうくちびる奪われそう

7月13日　日本標準時制定記念日

今日の季語　草いきれ

オーブンで八分かけて焼いたトーストと、ティーバックの紅茶。トーストにはバターを塗り、紅茶には砂糖と牛乳を入れる。二〇一六年から非常勤講師として週五日、外国人留学生を対象とする日本語学校に通っている。授業は午後からで、今日も午前九時から食べ始める。この後、一〇時には家を出る予定。昼食を取る時間がないため、もっと豪華な献立が望ましいのだが、授業前で緊張し、食欲が湧かない。経験を重ね、いつの日か、朝からステーキが食べられるぐらいの心の余裕を備えたいものである。

（京都・夢乃彩音）

捨ててあるスペードの4草いきれ

7月14日　パリ祭

今日の季語　ビール

おみそ汁と炊きたての白ごはん。油あげ、とうふ、玉ねぎ、輪切りのちくわ、えのき、人参、ねぎが今朝のみそ汁の具。合間に、はと麦茶をのむ。仕事の日はこれが私の定番。目の前で母が私の弁当を作っている。ほうれん草とちりめんじゃこを和えたもの、焼なす、ブロッコリー、かまぼこ（茹で）、いんげんのバターソテー、はちくの煮物（油あげとじゃこ天と人参）、カニカマの卵焼き、牛肉と玉ねぎのねぎだれ炒め、焼鮭、梅干が並ぶ。これらは、私は、朝は食べない。

お母さん、ありがとう。

（愛媛・河野祐子）

本物のビールのみたい、そんな昼

7月15日　ファミコンの日

今日の季語　白南風《しらはえ》

豆腐の味噌汁一杯。オムレツ（卵一個）。納豆とオクラの辛子醤油和え。オクラは庭に植えているのを三つ使った。そして人参、りんご、トマト、レモン、レモンを入れたスムージーを作って飲む。レモンは和歌山産で、この酸っぱさで毎朝目が覚める。あとはヨーグルトを食べておしまい。朝食の時間は七時過ぎから八時まで。その間はいつもラジオの外国語講座をBGMとして流している。ただボーッと聞くだけだがスペイン語が好き。土曜日は朝から出かける用があり、コーヒーはお昼にしよう。急がなくては。

（大阪・小枝恵美子）

白南風の堤を行けばヌートリア

7月16日　駅弁記念日

今日の季語　ハンモック

牛乳をかけて、ごろっとグラノーラ二種類（大豆とフルーツ）。バナナ一本、冷やし甘酒＋トマトジュース一杯。食後のコーヒー。地味だ。トーストからグラノーラに変えたのは一年ほど前。グラノーラはヘルシーで「第三の朝食」と最近人気上昇中。甘酒も飲む点滴と言われ人気沸騰中。とても健康志向に見えるかもしれない。しかし、我が家は朝食の時間が早いので、焼く手間のないグラノーラは何よりだ。しかもおいしくて腹持ちもいいのだ。

（大阪・児玉硝子）

休ませてお七体質ハンモック

7月17日　海の日

今日の季語　水泳

七月一六日四国へ帰省。一七日早朝。高知へドライブ。同窓仲間ら総勢七人。はりまや橋、桂浜、日曜市を歩き、ひろめ市場（高知駅近く）にてブランチ（朝食兼昼食）。鰹のたたき、刺身舟盛り。ウツボのたたき、唐揚げ。トロ、マグロ寿司。鯨の寿司（いろんな部位）。名物ギョーザ。生ビール、マンゴーミルク、ゆずサワー。

高知の海鮮は朝から、美味、爽快、豪傑。そう、今日は「海の日」。

龍馬と並んで海を、世界を、見た。

行方不明の人魚を探す水泳

（京都・コダマキョウコ）

7月18日　頭髪の日

今日の季語　ヨット

妻の友達の手作りパンと豆サラダ、コーヒーと果物。パンはカマンベールチーズパンと胚芽、レーズン、胡桃を混ぜたヘルシーなイギリスパン。カマンベールチーズパンはオーブンで焦がしすぎたが、とろける熱々のチーズの絡み具合が絶妙。豆サラダの中身はひよこ豆、金時豆、青大豆、オリーブ、色も味も楽しめた。コーヒーは東ティモール産。インドネシアから独立して頑張っている。果物は中元で貰った「紅てまり」という産地最終の甘い甘いサクランボ。全てが妻の貰いもの。感謝感謝の朝である。

本栖湖をゲバラのヨットで回ってる

（静岡・後藤雅文）

7月19日　土用の入り

今日の季語　夕焼

もっちりスイートパン一切れ。いつも過食気味になるのでパンは食べたり食べなかったり。プレーンヨーグルトカップ一杯。葡萄のコンフィチュール。これは岡山のドイツの森で買ったもの。かなり甘いがヨーグルトと一緒に食べる。石川産の西瓜一切れ。果物はカミさん次第で林檎、蜜柑、白桃、葡萄、メロン、マンゴー、苺、バナナなどに変わるが朝の一番の楽しみ。コーヒー一杯。ブラックで。わが家ではコーヒーは先に起きた方が淹《い》れる。今日はカミさんだった。

（愛媛・小西昭夫）

夕焼のあとの一番星ハハハン

7月20日　ハンバーガーの日

今日の季語　金亀子《こがねむし》

二枚の食パンを入れる。こんがり焼きあがるとパンはポンと飛び上がる。朝が踊る。そんなトースターが好きだった。今はオーブントースター。飛び上がらない。しかしこちらは万能である。クロックムッシュも難なく作れる。うそ。クロックムッシュの作り方は知らない。今日の朝食は食パン五枚切り一枚、苺ジャム、牛乳、バナナ。牛乳だけはちょっとこだわる。といっても牛乳屋のお兄さんがすすめてくれた大山牧場の牛乳。週二回大きな瓶が軒下の床几の上に届く。牛乳箱には入らない。水滴が滴る。

（京都・小西雅子）

いつもいる鉄板焼き屋の金亀子

7月21日　自然公園の日

今日の季語　雲海

お茶碗にごはん。昨夜から漬けておいた蒸しダコのしょう油漬け。ブラックコーヒー。暑くなってくると、よくタコを食べる。蒸しダコ三〇〇g程を噛みごたえが残る程度に薄く切り、容器に入れ、コショウをふりまく。酢をかける。しょう油をかける。京都の七味唐辛子をかける。刻んだ茗荷と大葉を入れ、フタをし、一晩冷蔵庫で寝かせる。コーヒーは毎朝豆を挽いて淹れている。もう八年にもなる。今日は一学期の終業式。仕事から戻ったら、漬かったタコと冷たい日本酒が待っている。

（静岡・芳野ヒロユキ）

君と見たあの雲海はとこしなえ

7月22日　下駄の日

今日の季語　片陰《かたかげ》

輪切りのバナナ（一本）に生乳ヨーグルトをかけたもの。クルミとレーズン入りのパンをトーストし、オリーブオイルとハチミツをたっぷりかけたもの。母は牛乳コップ一杯。私はアールグレイの紅茶。母と暮らすようになって健康に気を付けた食事になった。食後のコーヒー（エメラルドマウンテン）は窓に広がる空を見ながら飲むのが楽しみ。今日の空は快晴。朝から暑く、もう二八度になっている。飛行機が遠くの空を横切って上がっていくのが見える。

（大阪・近藤千雅）

片陰を歩きスマホのおじいさん

7月23日　大暑

今日の季語　赤い河馬

今日は日曜日、ゆっくり起床。もぞもぞとまずは当家特製のジュースを私がバナナ、林檎、パイナップル、人参、トマト、レモン、キャベツ、大葉、蜂蜜で作成。人参とトマトの赤が効いた。メインは目玉焼きと玉葱の酢漬けでカミサンの担当。パンはメタボ故に五枚切り一枚をトーストで半分ずつ。テレビの週間スポーツの「喝」と「天晴れ」に頷いてアイスコーヒーS二杯。熱中症とか、孫の噂など話しながらヨーグルトに蜂蜜をトッピング。定めの薬飲んで無事終わり。廊下の簾越しに涼しい風が通って行った。（兵庫・齊藤隆）

肌焼けた赤い河馬みたいなりたいな

7月24日　地蔵盆・河童忌

今日の季語　百日紅《さるすべり》

朝曇り。蝉の声がけたたましいなかでの食事である。ご飯は茶碗に八分目、味噌汁、だし巻卵、茄子の鴫焼、そしてお隣から頂いたシシトウの焼いたものを用意した。味噌汁の具は豆腐とワカメ。味噌は渋くて癖があり、具などまったく見えないものである。椀の中はいつも真っ黒だ。夫にたまには違うお味噌にしましょうよと提案するが、がんとして聞いてくれない。きっとこの美濃の国の赤だしをこよなく愛しているのでしょう。食後にはコストコで買ったオレンジを仲良く半分こして食べた。（岐阜・佐久間ひろみ）

ぶす猫にすりすりされる百日紅

7月25日　大阪天神祭・土用の丑

今日の季語　鱧《はも》

トースト一枚目はピーナツバター。二枚目は苺ジャム。黄色ピーマンの細切炒めと卵の目玉焼き。トマト半個とレタスにマヨネーズかけ、アイスレモンティーを大コップに一杯。

これが今朝のメニューだが、六年忌を迎えた妻の生前から大凡の定番だ。便利なもので、材料は殆んど生活協同組合が週一回配達してくれる。それでも、句会の奥様方には、九〇歳近くの単身爺の食生活は心配と興味の程らしく、スーパー等では買物籠の内をじっと見られるのには苦笑いだ。

（京都・佐々木峻）

句会後は鱧シャリシャリとコンチキチン

7月26日　幽霊の日

今日の季語　海月《くらげ》

五枚切り食パン一枚、バタートースト。トマトジュースと牛乳のミックスをコップ一杯。ゆで卵一個。ヨーグルトにバナナ半分、パイナップル四切れと大粒プルーン一個（プルーンは赤ワイン漬けにして。ポリフェノールが身体に良い）。ブラックコーヒー一杯。これは主人の朝食である。朝五時過ぎから食べて後一時間半の散歩を三〇年飽きもせず、続けている。私は主人の料理人である。

最低賃金が、時給全国平均八四八円になった。昭和四三年頃は、アルバイトで時給七五円位が相場だった。

（京都・佐々木麻里）

ぽかあんぽかあん海月気ままなひとやすみ

7月27日　西瓜の日

今日の季語　金魚

年齢のせいもあるのか。夏はどうしても食欲が減退してしまって、冷奴や素麺などさっぱりとしたものしか受け付けなくなる。それでも体重が減らないのは何故かしら。今朝もコーンフレークのみだった。ここ数日はコーンフレークに牛乳を注いでいる。味気ない日々だ。ところで、七月二七日は一八三〇年、フランスにおいて、市民や労働者たちが時の権力に抗い、革命を起こした日だ。ドラクロワの作品を思い出す。嗚呼、いつもと違う朝食へと導く、自由の女神が現れてくれたらなあと思うばかりである。（東京・佐瀬仲五）

あきちゃったいつものえさに金魚鉢

7月28日　菜っ葉の日

今日の季語　トマト

この日の朝はヨーグルト一本とバナナそして目玉焼き。最近は朝食兼昼食が多い。

一方朝日新聞の漫画、ののちゃん家のお母さんは正しい日本語と心遣いの朝ごはん派。朝ごはんという語の響きは頭をなでられた様な心地良さがあるとなにかの文章で読んだことがある。かつてそうであった様に朝ごはん派に回帰すべきか、でも身体が受け付けない。そのかわり日に三度よりも今は美味ん坊派。その味を求めて一山越えする時もある。

朝は気ままで自由が良い。（大阪・佐渡美佐子）

一日がうまく廻って陽のトマト

7月29日　アマチュア無線の日

今日の季語　夜光虫

北海道大学前の小さいホテルの朝食。バイキング形式。白米を茶碗に軽く一杯。若布と揚げの味噌汁。厚焼き卵二切れ。小さめの焼き鮭の切り身一枚。生野菜一皿にドレッシングを少々。ボイルしたウィンナー二本をもらって席に着こうとしていたところ、給仕のおばちゃんから「グラタンいかが。焼きたてだから美味しいわよ」と声を掛けられブロッコリーとマカロニのグラタンを小皿に盛ってもらう。久しぶりのグラタン。五〇代になって初めて食べるグラタン。小学生の時、グラタンの日は特別だった。

（北海道・佐藤日和太）

網膜の傷跡に住む夜光虫

7月30日　梅干の日

今日の季語　炎天

トマトジュース。お茶漬。今年自作にはまっているぬか漬少々。今日は山芋二切れ。

昨晩は宝塚句会で痛飲。完全に宿酔の胃に流しこむ七時の朝食。僕は自分で作る。子は母が起きて作るのを待つ。

今日は高校野球大阪大会決勝。初進出の学校は四点取られたら五点取る野球だと子はワクワク期待する。考えただけで暑い。ようやく起きた母に子はパンを要求。無いと告げられ一悶着。パンがなければお茶漬が、と言う父は両者から処刑。

（兵庫・塩見恵介）

炎天に火縄くすぶる台所

7月31日　パラグライダー記念日

今日の季語　花火

牛乳。麦ご飯。ちりめんじゃこ入り胡瓜の酢もみ（夫が作る。トントントンと軽快に刻む音が好きで結婚以来作り続け、今ではプロ並み）。ひじきとオクラの梅肉和え。南瓜の煮物（昨夜の残りもの）。ハム、ピーマン、トマト、チーズ入りオムレツ（卵三個。夫と半分ずつ）。玉葱と馬鈴薯のみそ汁。みそは大分県臼杵市、フンドーキンの無添加合わせみそ。息子の妻の実家（延岡）で愛用、今では娘の家でも取り寄せている。ヨーグルトをかけたブルーベリー。これと胡瓜は自家産。ブラックコーヒー。

（京都・塩谷則子）

今月も収支とんとん遠花火

秋

8月

9月

10月

母の味噌汁

藪ノ内君代

私の朝ごはんの定番は、こんがりと焼いたチーズトースト一枚とコーヒー、折々の季節の果物、ベーコンエッグかハムエッグなどの卵料理に少々の野菜サラダを添えた一皿。時々ヨーグルト一個。あとは前夜の煮物とか炒め物、具だくさんの味噌汁などが加わることもある。そうそう、大好きなポテトサラダは多めに作っておいて翌朝のチーズトーストの上にレタスと一緒にのせて食べる。これは手軽さのうえに家族にも好評。平凡な一日の始まりの朝ごはんである。

子どもの頃の朝ごはんは、一番に思い出すのが味噌汁。次に卵焼き、ウィンナーソーセージ、納豆など。納豆は藁に包まれた昔ながらの納豆だ。そして、今でもスーパーで見かける丸美屋の「のりたま」。いつも台所の棚にあった。その頃（一九六〇年代）に、好きだったテレビアニメ「エイトマン」のシール付きのふりかけで、子ども心にシールやおまけ付きはワクワクものだった。

母の味噌汁を今一度食べたいなと思う時がある。具材がいっぱいの味噌汁だった。野菜は家で食べる分は畑で穫れて季節ごとの野菜が入った具だくさんの味噌汁。その頃は味噌や梅干、らっきょう漬けも家で作っていた。味噌汁の味噌が母の手作りだったことを今更のようにしみじみと思う。私が故郷を離れて京都で暮らすようになると、採れたての野菜と一緒に味噌も宅急便で送ってくれていた。梅干、らっきょう漬けも入っていた。今、思い出したが先年の秋、俳句仲間と伊賀上野へ行く途中の道の駅で、隼人瓜を見つけた時はとても懐かしく、うれしかった。あの頃のようにきんぴら風にして食べた。その隼人瓜も母の宅急便の中にちょこんと二つ三つ入っていたのだった。あの野菜畑の隅には秋になると赤い鶏頭が咲いていた。

味噌汁は日本の家庭料理の代表というけれど、本当にそうだと思う。旅行先のバイキングでの私の朝ごはんは味噌汁付き。友人も味噌汁を飲むと元気が出るなんて言っていた。我が家もみんな味噌汁が好き。時々、思い出しては母が作っていた味噌汁を作る。味噌は九州の麦味噌で、だしは煮干し。水に浸して膨らんだ大豆を荒くすりつぶし、水でもどした昆布は小さく刻み、こんにゃく、薄揚げ、牛蒡、南瓜、茄子などをいれた味噌汁。ちょっと手間はかかるが大豆と牛蒡の風味が溶け合って美味しい。その時はもちろん炊き立ての白いごはんといただく。

8月1日　水の日

今日の季語　葉月《はづき》

中学生を引率した三泊四日のキャンプの最終日を迎えた朝。携帯も圏外になってしまうような山の中での不自由極まりない生活も今日で終わりである。今日はテントを撤収し、後片付けをするだけなので、朝食は至って簡素に、ロールパン三個、お湯で温めるだけのフランクフルト一本、常温保存可能の牛乳パック一個だけである。今回は尋常ではない雨の連日で、毎日が泥だらけ。あー、でもそれもあと数時間の辛抱だ。そう思うとこんなシンプルな朝食もとてもうまく感じられる。今晩は刺身で一杯やるか。

（静岡・静誠司）

葉月のね勲章かもよ泥団子

8月2日　青森ねぶた祭

今日の季語　冷奴《ひややっこ》

六時半、夫の出勤日なのでいつもより早い。全粒ライむぎブレッド一枚。コーヒー（ペーパー用モカブレンド）。プレーンヨーグルト。果物（今朝は桃と梨、小振りだが甘くてほっとした）。ハチミツとブルーベリージャム。我が家の定番メニューなのだが、果物以外は全て宅配の生協の品になってしまった。

長年、朝寝坊に悩まされた夫が退職後、早起きするようになった。どうしたものか。

「冷奴」といえば、子どもの頃食べた近所の豆腐屋の、朝一番、出来たて豆腐の味は今も忘れられない。

（滋賀・篠原なぎ）

地下足袋で戻り冷や汁・冷奴

8月3日　秋田竿灯

今日の季語　日傘

お茶粥。沸騰した湯にちゃん袋（この辺りではそう呼ぶ）へ入れた粉ほうじ茶。色が出たら洗米を入れ、少し堅めで火を止め蒸らす。毎朝飽きずに食べていた祖母。時々はったい粉を掛けたり、なんて思い出しながら。ごま塩を振り軽く二膳。甘めの卵焼き二切れ。サイコロ切りの新生姜の甘酢漬五個。辛めの手作りじゃこ山椒。が、本日の朝ごはん。お料理に手間を掛けるようになったのは今頃。テレビでは今日の料理「フレッシュトマトの豆腐ハンバーグ」。レシピをメモ。夕食に作ってみようと思う。

（和歌山・清水れい子）

格子から少女の笑ひ白日傘

8月4日　橋の日

今日の季語　西日

私の朝食はパン。おいしいとの評判を聞くと買ってみる。今朝は干しブドウ入りのドイツ食パン。五枚切りの袋がヤケに重い。食パンの両面には干ブドウがびっしり散っている。紅茶はポットに茶サジ二杯入れ、熱々の湯を注ぎ入れ、カバーをかける。サラダはレタス、玉ねぎ、キュウリ、トマトにチリメンジャコを散らしドレッシングのピエトロを振りかける。最後にプレーンヨーグルトに自家製の蜂蜜レモンをかけて食す。ブドウパンはバターだけで充分おいしかった。ゆっくり時を置いた紅茶は、芳しく美味。

（大阪・白川由美子）

西日さす仏間の雨戸閉めたまま

8月5日　山形花笠祭

今日の季語　晩夏

私の朝食は、食パン、コーヒー、ヨーグルト。いつも同じである。その中で、コーヒーは、毎日の朝の楽しみだ。普通のレギュラーコーヒーではあるが、父が、コーヒーを淹《い》れてくれるからだ。その微妙な味の変化を楽しむのだ。けんかをした次の日は、不思議と、コーヒーは甘くて美味しい。ただ、これは、実家へ帰っている間のこと。現在は、メニューは変わらないまでも、父のコーヒーは、味わえない。父が淹れてくれるコーヒーの、毎日違う味わいは何か。と、つくづく考える、今日この頃である。

（兵庫・城田怜子）

コーヒーの苦味深まる晩夏かな

8月6日　広島平和記念日

今日の季語　風鈴

昨夜の残りのカレーライス。子ども用に甘くしてあるので、皿の上でチリペッパーとガラムマサラを振って味を調整する。おかわりを二回して、三杯完食。週末は、朝食の前にジョギングをするのが習慣になっている。安倍川沿いを下り、駿河湾を右に見ながら一時間半ほどゆっくり走れば、目的地の日帰り温泉施設。着いたら牛乳を飲む。なぜ牛乳は瓶で飲むとおいしいのだろうか。温泉にゆっくりつかってから送迎バスで帰宅。運動はしているが、食べたい物を食べたいだけ食べているので、体重は減らない。

（静岡・杉山聡）

風風風風風鈴鈴鈴鈴鈴

8月7日　立秋

今日の季語　桐一葉

四時五分、台所に立ったまま、コップ一杯の水、大きめのバナナ一本、歯ごたえのある甘くないのがいい。小岩井のヨーグルトをお椀に半分、カレースプーン三回で口に運ぶ。

トースターから出した四分の一サイズの食パンに木いちごのジャム、氷三個の入ったアイスコーヒーを持って書斎にこもる。五時三十分、起きてきた妻が輪切りにしてくれたリンゴ半個を、歯みがきの終わった口へ。りんごは輪切りがおいしい…。いつもの朝食。台風が来そうだ。近ごろの台風は、どうも愛嬌がない。

（大阪・鈴木ひさし）

ダッシュするイブの二の腕桐一葉

8月8日　プチプチの日

今日の季語　つくつく法師

炭酸水五〇〇㎖。果汁一〇〇%のぶどうジュースとローストキヌアを牛乳に入れて一杯。もうひとつのマグカップに水と混ぜてゼリー状にしたチアシードを一杯。スモークサーモン。レタス。トマト一個。前夜作って冷蔵庫で冷やしておいたもやしのみそ汁二杯。卵ご飯一膳。残りものの蒲鉾《かまぼこ》四分の一、しろなと薄揚げの炊いたん。同じく残りもの。

七日から一一日までは一人なので、冷蔵庫の中の片付けも兼ねている。日の上がる前に犬の散歩も行くので朝は早い。犬と猫、御飯をやってから私の食事。

（大阪・鈴木みのり）

つくつく法師満載のレトロ感

8月9日　長崎原爆の日

今日の季語　新涼

五枚切りのバタートースト一枚に、生ハム一枚を敷き、スライスしたトマト、胡瓜を重ね、二つ折りにしてしばらく置く。

卵立ての半熟卵一個を剝き、好みの半熟度だと妻に一言伝え、黄身に黒ゴマ塩を振る。熱いミルクティーをマグカップで時間をかけながら。

キウイとバナナの輪切りに、大匙でヨーグルトを加え、甘夏の自家製マーマレードをトッピング。二杯目のマグカップで、全身に少し汗を感じて。

（大阪・須山つとむ）

新涼の道に精密ドライバー

8月10日　西鶴忌

今日の季語　天の川

毎朝家の前の道路を掃く五〇mくらい。今は落葉が少ない。あっ、そうそう、石段も掃いて六時半にはラジオ体操に行った。なんだか膝の調子がいいので今は部屋の中でひとりストレッチをしている。

朝食というあらたまったものではないが、まず納豆はかつお、じゃこ、オリーブオイルでかき回す。バナナ半分、トマトはゴルフボールくらいのをふたつ、おにぎりひとつ、起き抜けに必ず水をコップ一杯。

今年はまだそうめんは食べていない。

（兵庫・平きみえ）

さらさらと遊ぶモーロク天の川

8月11日　山の日

今日の季語　猫じゃらし

ごはん一杯。トマトと胡瓜の味噌汁。ゴーヤの佃煮。茄子と塩昆布の浅漬け。野菜はどれも夫が育てたものだ。育った場所を知っている。大きすぎる胡瓜は、種を除き皮を剝き、冬瓜と思っていただく。それにしても、豊作を素直に喜べずブツブツ言いながら煮たゴーヤに、こんなにも助けられる日が来ようとは。ごはんが美味しい。ごはんが進む。

今日は山の日。今ならどこまでも登れそうだ。今晩あたり、元ワンゲル部員にお薦めの山を尋ねてみようか。出っ張ったお腹をポンで、妙案もポン。なんて。

（京都・高田留美）

妹は泣き虫小虫ねこじゃらし

8月12日　阿波踊り

今日の季語　踊り

両面をしっかり焼いた目玉焼き（卵一個）、軽く火を通したベーコン、白米（茶碗にしっかり一杯）。インスタントの味噌汁とヨーグルト飲料。この日は、大事なイベントの日だったが、いつもと寸分変わらぬ朝食を心がけ、どうにか平常心を芽吹かせる。先日購入したヨーグルトの味に少々飽きた頃だったので、美容効果があると噂のザクロのお酢を混ぜていただいた。かなり美味しい。イベント終了後、学生から肌に艶があると指摘される。まさか、酢の効果？

（京都・高橋卓久真）

踊りゆくデネブとベガの狭間まで

8月13日　迎え火

今日の季語　葡萄《ぶどう》

目玉焼、ポークソテー、玉ねぎ、生椎茸。これらを南部鉄パン（一四㎝）にオリーブ油を熱してつくる。それをそのまま食卓に運んで食べる。これはＴＶでどこかの大学運動部合宿の、一人一フライパンの自炊にヒント。トースト一枚、バター、チーズをのせて、ハチミツと。珈琲はキリマンジャロをペーパードリップする。福島桃あかつきを一個。食前に仏壇にお茶、般若心経。ひとり朝食一三年目。いまでも時々、つれあいの野菜ジュースの用意に台所に立ちそうになる。ずいぶん長生きしたものである。

（福島・吉原彩）

青森の葡萄がとどくお盆です

8月14日　奈良春日大社万灯籠

今日の季語　赤蜻蛉《あかとんぼ》

プロテインスムージー一杯。ミキサーにバナナ半分、リンゴ四分の一個、ブロッコリー三つ、青汁の粉、プロテインを入れて、豆乳とともにシェイク。大きなコップ一杯分のドロリとした朝食が出来上がる。プロテインがチョコレート味のため、青汁のグリーンと重なり合って、まったく食欲をそそらないグレーに仕上がるが、飲みやすい味。以前、友人にこのレシピを話したら、苦笑いとともに、哀れむようなまなざしを送られたので、もう人には言わない、と決めた。ああ、筋トレがしたい。

（静岡・滝浪貴史）

赤蜻蛉ジグザグジグザグポニーテール

8月15日　終戦記念日

今日の季語　鳳仙花《ほうせんか》

富山産コシヒカリで炊いた白米一膳。胡瓜と茄子の漬物。卵焼き。冷奴。葡萄五粒。大森屋の海苔。獅子唐の焼いたもの二本。庭の朝採りトマト半分。麦茶。

高校野球も大会八日目を迎える。雨天順延。雨脚に耳を傾けながら、終戦記念日特集の新聞記事を目で追った。七二年前、青空の下、生きていることへの感謝と申し訳なさがあった事実。「いただきます」といつも通り手を合わせた途端、強まる雨音の中、普通に朝ごはんを食べられることの有り難さに感謝する朝となる。

（大阪・衛藤夏子）

誰の子も戦地にやるな鳳仙花

8月16日　京都大文字

今日の季語　流燈

都会に暮らすわが朝食は、いつもどおり食パン一枚と氷を多めに入れた微糖のアイスコーヒー一杯。さりながら、瀬戸内の島で過ごした少年時代は、そうではなかった。いつも母が時間どおりに、土間に立ち、ガス釜で炊いた白ご飯、いりこでとった味噌汁、甘めの卵焼き、それに自家製のキュウリの糠漬けを添えて食卓に出してくれた。少年には、それが変わらぬ日常であり、無邪気なひとときであった。その少年は、いま幽明を異にした律儀で優しい母を深く追慕せずにはいられない。

（兵庫・田中俊弥）

流燈や父と母とが子を抱く

8月17日　パイナップルの日

今日の季語　残暑

牛乳一杯。生協の黒ごまきな粉を「お召し上がり方」通り、大匙二杯を混ぜて飲む。カップの底に沈殿した粉の塊は、匙で掬う。アーモンドをガラスの密封容器から一摑みして、一〇粒程。夕べの間食の残りの梨八分の一。昨日の健康診断で胃がぐるぐる鳴る。誰かのツイッターを見たが「夜更かしをする理由のひとつに、今日に満足していないから」があるらしい。ケアハウスの母に「おはよう」の電話。頑張れと言ってくれる。さあ、時計代わりのテレビが八時四三分になったので職場へ出掛けることに。

（愛媛・谷さやん）

音跳ねて残暑の皿のアーモンド

8月18日　太閤記

今日の季語　カンナ

今年のお盆休暇は、友人と共にのんびり過ごす事ができて、新しい遊びを思いついた。それは翌朝の献立を考え、高級旅館よろしく半紙に筆で品書きをしたためるという趣向。品目を紡ぐ時間も面白く、仕上がった書の出来栄えを検討する事もまた楽しかった。

そんな流れのままに、日常に戻った今朝の品書きの題は「百日紅膳」。テーブルに置かれたそれの、ひとつひとつに想像を膨らませ、…合掌…味わう…合掌…。

さあ、いつもの通り、煙草と濃いアイスコーヒーを飲んで出勤だ。

（大分・為成暮緒）

巡礼地めいて黄カンナ赤カンナ

8月19日　俳句の日

今日の季語　秋風

今朝は久々に茶粥だ。茶粥は炊き立てが特にうまい。茄子や胡瓜の浅漬けでさらさらと掻き込む。これこれ、この純朴な大和の味。うーん、たまらん。この安堵感は何だろう。生家には竈《へっつい》さんがあった。竈さんで炊いた母のお粥《かい》さん！　羽釜に米と井戸水を入れ、茶《ちゃん》袋《ぶくろ》を放り込み薪で炊いたもの。始めちょろちょろ中ぱっぱ。この茶粥の味は格別だった。今回は鍋にガスで炊いてもらった茶粥だがDNAにしみ込んだ母の味を懐かしんだ。

（大阪・千坂希妙）

ジーパンの穴に感じる秋の風

8月20日　定家忌

今日の季語　鰯《いわし》

戦後の食糧難の時代、食うものが無くて、いやでも鰯を喉に押し込んできた者にとって、鰯は顔を見たくない魚なのである。ところが、銚子の漁師宿でいただいた鰯がべらぼうにうまかった。弱魚の鰯も扱い方で高級魚になる。人間も同様であろう。弱くてもいい味を出す輩は多い。讃岐うどんに欠かせない「いりこ出し汁」の「いりこ」は鰯のことである。瀬戸内海の伊吹島は、三ケ月の鰯漁で億を超す収入を挙げるそうだ。生干しの鰯を尻尾までこんがり焼く。飯は、山形県余目《あまるめ》産のササニシキ。億を超す贅沢だ。

（埼玉・知念哲庵）

鰯焼く煙たなびく億ションに

8月21日　噴水の日

今日の季語　露草

豆腐の味噌汁（もずく、葱）一杯。白米（茶碗に一杯）。目玉焼き（卵一個）。納豆。小魚。ベビーリーフとトマトのサラダ（くるみ）。茄子の糠漬け。緑茶一杯。食後にブラックコーヒー一杯。わが家は朝ごはんをしっかり食べる習慣で、平日はご飯。朝の味噌汁には麹味噌を使う。汁の実は泳ぐぐらいがいいと夫に言われているがいつも具沢山。もずくは身体にいいらしく味噌汁にも入れる。沖縄産美ら海の歯ごたえのいいもずくで、どの具材とも相性が良く品書きを替え時々登場する。盆休みが終わった。

（京都・つじあきこ）

昭和のミシン踏む露草の点々と

8月22日　藤村忌

今日の季語　梨

半農だったので、米は充分にあり、年がら年中卓袱台の上に「へしこ」があった。へしこは、いわしを糠漬けにした北陸地方の保存食で炙ると香ばしくて上手い。兄たちは、へしこの糠だけでご飯をばくばく食って登校した。姉たちは甘目のきな粉をぶっかけていた。粗雑な朝ごはんでも、兄姉みな骨太に育ち高齢になった今もそれなりに元気だ。朝食はあるもので済ます、が長年の習慣になってしまった。もらった紅葉饅頭二個、ネスカフェのコーヒー一杯。ヨーグルトにドライフルーツたっぷり入れて。

（京都・辻水音）

赤い舌見せて梨食うもの申す

8月23日　処暑

今日の季語　稲妻

昨夜炊いた御飯（ミルキークインの白米）、能登の従兄弟が送ってくれた岩海苔、家で作った温泉卵、馬鈴薯と人参の味噌汁、そして京都土産として頂いた塩昆布と大根の漬物である。いつもの朝はパン食なのだが、昨日突然の来客があり夕食は急遽外食に。炊いた御飯はそのまま残ったので、有り合せのものをかき集めて和食に変更した。食後のフルーツは河北潟《かほくがた》干拓地を吟行した際買い求めた早生の梨（愛甘水）。それを食べながら眺めていたテレビから、早場米地帯加賀平野の稲刈の景が報じられていた。

（石川・辻江けい）

稲妻や穂波ゆたかに加賀平野

8月24日　地蔵盆

今日の季語　露

早目に朝食を取った方が良い日だったのだが寝坊してしまった。一〇時半から来客二人。チネイザン、というお腹中心の一種のマッサージの練習会を我が家で行うのだ。あまり活発に活動はしていないのだが、そのマッサージの施術の資格を持っているのだ、私は。あわてて掃除をし九時半には一応体裁が整った。お腹のマッサージの直前に食事は取らない方が良しとされているが少しだけ。ムジカの茶葉でミルクティー。イカリスーパーのフィナンシェ一つ。ヘルシーにほど遠い。朝ドラの録画を横目で眺めつつ。

（長野・津田このみ）

露置いて葉っぱゆかしくなりにけり

8月25日　東京亀戸天神祭

今日の季語　飛蝗《ばった》

カブレーゼパン。いつもの朝はドイツパンが多いが、久しぶりに食べたくなったので買った。ベーコンエッグ。ラタトゥイユ（前日の残り）。サラダはフリルアイス、胡瓜、黄パプリカ、トマトなどにオリーブオイルをかけて。特にトマトを食べないと私の一日が始まらない程のトマト好き。カフェオレ。今日はレモンカードを少し添えたヨーグルト。レモンカードとはイギリス生まれのスプレッドのこと。ロンドンで探して買ってきた。爽やかなレモンの香りは、カブレーゼのバジルと共に夏の朝にはたまらない。　（兵庫・土谷倫）

飛蝗飛ぶ青き風くる農学部

8月26日　富士吉田火祭

今日の季語　無花果《いちじく》

キウイフルーツ一個。野菜サラダ（トマト、ゴーヤ、玉ねぎ、すだちの皮、レモン果汁とオリーブオイルをかけて）。ヨーグルト（きな粉、すりごま、レーズン、チアシードをのせて）。カマンベールチーズ一片。ブラックコーヒー一杯。チョコレート一片。氷水出し緑茶三杯。アーモンドとクルミ各五粒。ひとり暮らしをしている息子が言う。「俺、家事の中で料理がいちばん好きやで。だってご褒美があるやろ」「うん、納得。特に朝ごはん。朝ごはんがいちばん美味しいね」と私。　（大阪・角田悦子）

番号を覚えてる指いちじく齧る

8月27日　寅さんの日

今日の季語　木槿《むくげ》

息子一家に会いにメキシコ・グアナフアトに来て三日目。中世スペイン風の世界遺産都市の朝は二〇〇〇mの乾いた空気をゆする教会の鐘で明ける。市場で買ったチョリソー、ピーマン、隼人瓜、人参、玉葱の野菜炒め。チョリソーはこちらでは油で炒めほぐして食べるというがボイルして低カロリーに。勿論トルティーヤも。飲み物は日本から持参した緑茶。それと甘酸っぱい青林檎。これですっきり目が覚めた。今日は独立戦争を勝利に導いた鉱夫ピピラの像まで行こうか。地球の裏側での日本人の朝ごはん。（神奈川・津波古江津）

白木槿暮らすように旅をする

8月28日　バイオリンの日

今日の季語　台風

チーズとトマト半分をのせたトースト。キウイ一個（ヨーグルトかけ）。イチジク一個。味噌汁（煮干、若布、かぼちゃ、玉ねぎ）。キウイは隣の清水さんからもらった。ゴルフの景品で得たものらしい。先日はメロンももらった。イチジクは愛知県碧南の産、同市の山田忍さんに送ってもらった。味噌汁の味噌は愛媛県南予仕立て、甘めの麦味噌だ。味噌汁をすすりながら、具のこのかぼちゃはフィジー産かも、と思った。若い日、オセアニアのフィジーで広いかぼちゃ畑を見た。日本へ輸出するという話だった。（大阪・坪内稔典）

台風の目玉つついて愛してる

8月29日　焼肉の日

今日の季語　葛の花

八〇〇〇歩弱の散歩の後、わが家の朝食は七時から八時迄。定番は炊立てご飯とお味噌汁。ご飯は軽く一杯。えのきとあおさに葱を浮かせたお味噌汁一杯。辛子明太子一切れ。オクラと鰹節の和え物少々。リコピントマト一個。大根おろしにちりめんじゃこを入れた小鉢一杯。水茄子の漬物と自家製の新生姜の甘酢漬けを少々。深むしの知覧茶一杯。今朝はテレビ各局、北朝鮮のミサイル発射のニュースばかりだ。食後には梨を半分。コーヒーはいつも夫が淹れる。今日の豆はモカ・マタリ。いい香りだ。

（大阪・鶴濱節子）

モーロクへ近づいて行く葛の花

8月30日　冒険家の日

今日の季語　糸瓜《へちま》

カフェのフルーツサンドセット。いつもは普通のトーストのモーニングなのだけれど、この日は割高のフルーツサンドにする。正岡子規をリアルに思うため。子規の随筆「くだもの」が大好きだ。パインや苺などの目の前の果実も美味だが、子規の味わった宿屋の女のむいてくれる柿には適うまい。僕は旅先でゆとりが出来れば、動物園を訪ねる。現世で病身を離れた（無数）の子規の「魂」が「くだもの」ならぬ「けだもの」を見に来てる「におい」をかげることがあるものだから。阪神の小野、初勝利。

（大阪・寺田伸一）

へちまへちまおっぱいめくめくすごいπ

8月31日　宿題の日

今日の季語　芋茎《ずいき》

カゴメ野菜ジュース一本、戴き物のとよすの「お八つ」一袋。昨晩は久しぶりに会う親しい人と外食。楽しかったが食べ過ぎたので、ごく控えめに。六月に急性すい炎で十日間入院した。食生活は一変、油物を控え、薄味を心がけなければならない。これは食べて良い、これは避けておいた方が無難と一々仕分けする。芋茎は食物繊維が多く、マンガンやカルシウムを含む健康食材。

（京都・湯原正純）

芋茎むく後厄に知る滋味と慈悲

9月1日　二百十日

今日の季語　長月《ながつき》

月初めの朝ごはん。まず、玄米を炊く。私の一ヵ月がスタートする。調理には包丁が不可欠だが、食材を切る音にも一ヵ月の始まりを占う。トントントンと小気味よい胡瓜を刻む音が響く。なかなか切れ味がいい。すがすがしい月の始まりである。胡瓜揉みをする。次は若布を切る。やはり切れ味がいい。若布と豆腐の味噌汁を作る。

この包丁は、錦市場で購入した銘の入った大切な包丁である。明日はゴスペルワークショップに参加する。青空へ向かって発声練習をして、食卓につく。

（大阪・田彰子）

長月の包丁を研ぐ金曜日

9月2日　八尾風の盆

今日の季語　風の盆

カフェオレ、トースト、いちじくジャム、ヨーグルト。カフェオレはインスタントコーヒーを大さじ二杯程の湯に溶かし、牛乳を注いで温めたもの。かなり前から電子レンジに温めをまかせるようになった。我が家で「コーヒー」と呼ばれるのはこのカフェオレの事で、午後三時のお茶の時間、両親は決まって「コーヒー」を飲んでいる。たっぷりの牛乳を入れたはしばみ色と、外で飲むカフェオレ。同じなのは色ぐらいで、牛乳のこっくりした味を探すうちに、外のカフェオレを飲み終えてしまう事が多い。

（奈良・東野まり）

たそがれの足早まりて風の盆

9月3日　沼空忌

今日の季語　新蕎麦

冷やし讃岐うどん、蝦と玉葱と人参のかき揚げがひとつ、豆腐となめこの味噌汁、胡瓜と茄子の浅漬け少々。仕上げに蜂蜜を数滴垂らしたカスピ海ヨーグルト。と、いっても我が家は一日二食なので、正確にはブランチとなる。茹でた細麺の讃岐うどんは大き目の器にこんもり盛る。器は歪みが愛嬌の自作の陶器。うどんの上にたっぷりの大根おろし、紫蘇の葉、アサツキ、鰹節を載せ、冷汁をかける。胡麻と生姜はお好みで。熱々のかき揚げはレモンとお塩で。大根おろしだけは連れ合いの手を借りている。

（東京・鳥居真里子）

箱のある階段が好き走り蕎麦

9月4日　くしの日

今日の季語　鰯雲

トースト一枚、桃のジャムをつけて。コーヒー、牛乳少量入り。ヨーグルト一〇〇g、スプーン大のオリゴ糖をかけて。バナナ一本。

朝はあまり食べられず、いつもトーストとコーヒーのみだが、珍しく便秘気味のため便秘にいいものを食べてみた。トーストはこだわっていて、食パンをいろいろ食べて一番気に入ったアンデルセンのイギリスパンを一本買ってきて即冷凍し、最新のトースター「バルミューダ」で焼いている。外はカリッと中はふわっと。毎日食べても飽きない。

（京都・中井保江）

鰯雲やさしい嘘をつきました

9月5日　みたらし団子の日

今日の季語　爽やか

厚切りトースト一枚。十字を入れこんがり焼く。バターと蜂蜜を塗り、シナモンを振る。トースターは、最近購入したばかりのアラジングラファイト。茹でたアスパラの上に半熟目玉焼きをのせる。とろーりとした食感が好き。レタス、胡瓜、貝割れ、ミニトマト、アボカドを添える。野菜スープは昨日の夕食の残り（じゃがいも、人参、大根、トマト、ベーコン入り）。イチジク一個。葡萄三粒。コーヒー一杯。早朝、涼しい風が吹くようになった。今日からコーヒーはホットで。

（愛媛・中居由美）

コンタクトレンズ二粒爽やかに

9月6日　黒豆の日

今日の季語　秋刀魚《さんま》

我が家の朝食は毎日ほぼ同じ。だが決して飽きは来ない。食事前に先ずコーヒーを一杯。食後にはその時期のフルーツで、今朝は梨とネーブル。食事は納豆、赤だしの味噌汁、玉子焼き、漬物で、これはほぼ定番。味噌汁の具は豆腐が多い。こう書きだしてみると、大豆類のオンパレード。納豆は二〇代に東京に転勤してから初めて食べたが、それ以来すっかり習慣になってしまった。四〇年以上続いているのできっと健康には良いのだろう。妻は嫌がるが、今朝もまた新聞や朝ドラを見ながらの朝食…。

（愛知・中島憲一）

魚屋の斜めに立てて秋刀魚かな

9月7日　白露

今日の季語　赤のまんま

スライスチーズをのせたトースト一枚、バナナ、ヨーグルト、温泉たまご、巨峰五粒、イチジクのコンポート一個。コーヒー。コンポートにしたイチジクは、友人宅でとれたもの。一五年になるというイチジクの木は、毎年沢山の実をつける。一本の木だが、太い枝が四方に伸び、しっかり実がついている。勝手に取っていいと言われて、二〇個程捥《も》いできた。赤ワインで煮て冷やしている。すごく美味しい。退職後、朝の時間がゆっくり流れるようになったので、時には和食もいいかなどと思っている。

（和歌山・あまの慧）

ままごとの赤のまんまの老夫婦

9月8日　国際識字デー

今日の季語　鈴虫

六枚切りトースト一枚、バター、ブルーベリージャム付き。プレーンヨーグルト小鉢一杯。スクランブルエッグ、トマト半個。カマンベールチーズ一個。ホットコーヒー一杯、砂糖ミルク少々。クッキー一枚。ルイボスティー二杯。朝食は時間差があるが、献立は二人暮しの姪とほぼ一緒。天気予報は晴れ。富士山と江の島の浮世絵を例に、江戸時代の観光旅行の様子を報じていた。新聞にはＮＡＳＡ観測衛星が撮影した大規模太陽フレアの画像を掲載。八日三時から九日にかけて放出された粒子が地球に届く見込み。

（京都・長沼佐智）

姉さんはあかり鈴虫蔵あたり

9月9日　重陽

今日の季語　菊

六枚切りのトーストを一枚。茹でたトウモロコシ一本。バター五gほど。ブルーベリージャム三匙。クリームチーズ一片。温かい紅茶コップ二杯に砂糖一匙ずつ。牛乳、コップ一杯。梨、大一個。梨は今、旬である。千葉県白井《しろい》に住む甥が毎年、白井は梨の産地だからと、この季節になると届けてくれる。なるほど、程よい実の大きさの、皮の薄い瑞々しいのが届く。果物はことに取引中の生協なども産地直送に力をいれているが、こと梨に関しては甥の存在が大きく、繊細な味を存分に食べている。

（大阪・中林明美）

ベランダを大きく開けて菊日和

9月10日　パンケーキの日

今日の季語　冬瓜《とうがん》

バタートースト一枚。ミルクティー、マグカップ一杯。マイ・ミックスの紅茶とミルクを半々で。丹波婦木農場製サンマルセランチーズ、最後の一切れ。干しプルーン一個半。淡路のピオーネ五粒。もう六〇年もこれだ、と悩んだが、なんと、古代ローマ人の朝食もパンとチーズだった、とか。よかった、私ってローマの朝食なのだ。出たての私の俳句とエッセー集も『ローマの釘』だし。昔、ローマで観光バスに取り残されてやっとこさ救出され、仲間のいるコロセオへ届けて貰ったことも、ふと。

（大阪・中原幸子）

冬瓜も君もふくれっつら切るゾ

9月11日　東京芝大神宮しょうが市

今日の季語　水澄む

麦ご飯に豆腐とわかめの味噌汁。出しは煮干しで味噌は赤味噌。若布は子供の頃から食べている徳島産。私の古里だ。歯ごたえもありとても美味しいので知人からもう何十年も買っている。この時期は我が家の狭い庭で作る野菜も楽しむ。韮たまはさっと炒めただけ。サラダはキャベツ、人参、苦瓜を細く切って青紫蘇ドレシッングで和え、トマトも小さめに切って周囲に飾った。そうそう、梅干も徳島のだ。親戚から長年買っているが皆高齢となり、大きな笊《ざる》に摘むのがとても辛いそうだ。

（岐阜・弥生かんな）

底深く泳ぐ小魚水澄めり

9月12日　宇宙の日

今日の季語　衣被《きぬかつぎ》

秋なのか夏なのか、朝ごはんなのか…、今朝も兆候はない。適当なパンと紅茶に昨夜の衣被も二個。果物は何だっけ。皮をつるりして、「出てくるゥ、キミィ?」「…」。やっと翌一三日の夜、長男誕生。実はこれ四〇年前の朝ごはん。九月って夏と秋が混ざってる感じは今も同じ。うちの食卓の気が弾まないのも同じ。さて、今朝はブリアンが改修中なのでマリーフランスのパン、紅茶は夫と妻は別々。妻は一軒置いて隣の英国人先生のお土産、アールグレイ（美味）。パンも紅茶もこだわりだ。巨峰七粒と梨少々。

（京都・梨地ことこ）

衣被予定日すぎて十日と二日

9月13日　世界の法の日

今日の季語　生姜《しょうが》

減塩バケット一つ。カップ納豆一つ。有機栽培バナナ一本。低脂肪乳一杯。青汁三口（妻のお薦め）。オーガニック珈琲一杯。煎茶一杯。二十世紀梨を半分。私が準備した。わが家の朝食は夫婦別々である（妻は朝昼兼用で時間が合わない為）。しかし、今朝の妻は既に朝食を済ませ、そそくさと出掛けてしまった。私は七時過ぎからテレビと新聞を見ながら朝食をとり、その後約一時間かけて腰痛対策のストレッチ体操（ほぼ毎日）をした。最近、糖尿病薬を飲むことになったので、慌てて六kg減量中である。

（京都・山本よしじ）

ひね生姜筋トレやらず力こぶ

9月14日　コスモスの日

今日の季語　鯊《はぜ》

オムレツを作る。冷蔵庫にある玉葱、人参そして焼豚の残りを細かく刻み、炒めて塩胡椒を軽く振る。溶き卵をフライパンに広げて具材を投入、一枚目は具材を入れ過ぎて卵から具材がはみ出した。これは自分用にしておく。二枚目は具材を少なくして上手く包めた。女房用だ。あとはレタスとトマトに好きな胡瓜の塩もみ、蟹かまをほぐしてレタスに載せる。厚切りトースト一枚半にバター、コーヒーに牛乳少々、カスピ海ヨーグルト（戴いた菌で二〇年もの？）に蜂蜜を加える。本日は朝ごはん当番の日。

（兵庫・南北佳昭）

石油基地この突堤も鯊日和

9月15日　京都石清水八幡宮祭

今日の季語　ピーマン

人参ジュース二〇〇cc（人参一本、リンゴ一個、レモン一個をジューサーにかけてすぐに飲む）。ヨーグルト（バナナ一本、抹茶少々入り）、ホット珈琲カップ一杯（モカブレンドとコロンビアブレンドを自分でブレンドしてネルドリップで淹《い》れる）。ホットココアカップ一杯（森永ココアを牛乳でとき、オリゴ糖をたっぷり入れて超甘くする）。

特別な日、例えばお正月等を除き一人で家でとる朝食は毎日このメニュー。

（京都・西村亜紀子）

ピーマンは窓から逃げる恋人も

9月16日　岸和田だんじり祭

今日の季語　花野

半年ほど前から夫婦で糖質制限を始めた。とにかく肉、卵、チーズをたっぷり食べて炭水化物を摂らないようにしている。毎日の朝食は卵とチーズとソーセージを一緒にフライパンに入れるだけ。それでも時折、無性に甘いものや炭水化物が食べたくなることがある。

前日に比べて急に気温の下がった雨の土曜日。朝早く家を出て近所のコメダ珈琲でモーニングする。ゆで卵とトーストとコーヒーが定番であるが、今日は卵に代えておぐらあんをもらう。一人でゆっくりできるのがなによりのごちそうである。

（愛知・二村典子）

花野からもれくる音や櫂の音

9月17日　牧水忌

今日の季語　秋茄子

小さい頃から、寝起きが悪かった。だから、学校をしょっちゅう遅刻していたが、朝ごはんだけはちゃんと食べて行った。その頃の家業は乾物屋だったから、毎朝、父親が店に並べるかつを節を削る。その残りのかつを節に醤油をかけて、炊きたての白飯に混ぜたいわゆる「ねこまんま」を、掻き込むのだ。ところが、パン派の妻と結婚して以来、トーストにハムエッグが朝食の定番になってしまった。だが、父の削ったかつを節の「ねこまんま」が、今でも最強の朝ごはんだと思っている。

（東京・ねじめ正一）

秋茄子紺色残し胃の腑かな

9月18日　敬老の日

今日の季語　鯔《ぼら》

青葡萄、赤葡萄。これらは、仕事仲間が知人の農園から取り寄せてくれた。大粒で美味。目玉焼きにベーコン三枚。トマト少々。胡桃入りパン一切れ。オレンジピールとレーズン入り丸パン。珈琲。珈琲は、以前勤めていた珈琲会社（軽井沢の店が有名）のホテルブレンド。平日は慌しいから、休日くらいは品数多めの朝食にしてみる。子供も「おっ、豪華」と嬉しそう。夫は葡萄に手をつけず。大人の男の人って、何で果物食べないの？　私のダイエットのためにも完食してもらう。今日は、美術館にでも行こうか。（東京・能城檀）

鯔飛んで朝の東京明るくす

9月19日　子規忌

今日の季語　コスモス

腐乳を貰った。豆腐を発酵させたもの。瓶を開けてみる。白くドロドロした液体の中に何か塊が澱んでいる。うっ！　強烈な腐敗臭が鼻をつく。本当に人間の食べるものなのか？　息を止めて口に含んでみる。ねっとりとした食感、まるで濃厚なチーズのようだ。さて、これをどうしたものか。冷蔵庫に昨日のご飯が少し。鍋に水を入れ、鶏がらスープの素。ぐつぐつ煮えたところで、茶碗に盛る。腐乳を半片落としてみる。湯気の中に、なんと豊かな香りが広がることか！　落語のちりとてちんはこれらしい？（京都・おおさわほてる）

コスモスに転居届けを出すところ

9月20日　空の日

今日の季語　おはぎ

さつま芋と豆腐の味噌汁。玄米一膳。胡麻豆腐。大根と厚あげ、いんげん豆の煮物。梅干。鮭フレーク。ヨーグルト。圧力鍋だと時短なのでカレーライスかお握り以外は玄米である。味噌汁は色白の西京味噌と色黒の「九州育ち」という麦味噌をあわせる。朝食作りにかかる前に椅子に座って一五分間、新聞を読むかZIP！　を見るかは、その日の気分で変わる。生後一〇〇日目のパンダがよちよち歩いている。ロヒンギャの難民が道にあふれている映像と混じって、ちょっと混乱する。

（東京・野崎麻美子）

臍のないおはぎと臍がない議論

9月21日　宮沢賢治忌

今日の季語　萩

我が家の朝食時は超忙しい。母（一〇一歳）はおかゆ、主人は御飯、私と娘はパン、それぞれに合ったおかずを作る。母はトマト入りスクランブルエッグとキュウリの酢の物、梅干とスイカのデザート。主人は卵かけご飯、キュウリの酢の物、カボチャの煮物、漬物、チリメンジャコ。私と娘は温泉卵、キュウリの酢の物、チーズ、トマト、ヨーグルト、ミルク、豆乳等。皆食べる時間がばらばら、私は母に食べさせてからいつも急いで食べる。それであまり食べた気がしない。

（京都・能勢京子）

萩こぼる今日から母は又過去へ

9月22日　動物愛護週間

今日の季語　天高し

夫婦二人家族だが、起床時間がそれぞれなので、朝ごはんはそれぞれで。牛乳コップ半杯。ブラックコーヒー一杯。バター付きトースト一枚。プレーンヨーグルトにブルーベリーソース少々。ピオーネ七粒。そして、ゆで卵は一個。ゆで卵は、早起きの夫がゆでておいてくれたもの。ゆで時間をいろいろ試して、水から一一分に定着したらしい。殻をむくと、つるつる光っている。新聞が広げてある。見たり見なかったりのテレビが点いている。今にも降り出しそうな空。ゆったりとした気ままな時間だ。

（奈良・野本明子）

なんてことない話して天高し

9月23日　秋分の日

今日の季語　曼珠沙華《まんじゅしゃげ》

味付海苔を巻いたおにぎり（中に鰻の蒲焼の切身が入っている）一個。酢漬け野菜（細切りの大根、人参、胡瓜に昆布を混ぜたもの）一皿。プレーンオムレツ（卵二個）。梨二分の一。イチジク一個。緑効青汁入り牛乳コップ一杯。我が家ではいつの頃からか「朝のフルーツ金メダル」が合言葉。果物屋が聞けば大喜びしそう。鰻入りのおにぎりと酢漬け野菜は栄養と健康を考えた妻の創作。いつまで続くかわからないが、今年の春から朝の定番となっている。プレーンオムレツは私が作る休日のおまけ。

（大阪・長谷川博）

スキップで家に帰る子曼珠沙華

9月24日　畳の日

今日の季語　邯鄲《かんたん》

豆腐と若布の味噌汁一杯。ご飯一杯。万願寺唐辛子と椎茸の煮物。茄子とオクラの糠漬け。納豆。蜂蜜入りヨーグルト。幸水梨四分の一。ピオーネ三粒。麦茶一杯。野菜はすべて家庭菜園で採れたもの。実は、今朝は北アルプス乗鞍岳の「肩の小屋」で食べるはずだったが、膝に不安があり、急遽キャンセルした。今頃、仲間は剣ヶ峰辺りを登っているだろう。ナナカマドは真っ赤に燃えているかなあ。ダケカンバは山肌を黄色に染めているかしら。最近調子が良くてさぼっていた「ロコモア」を食後に六錠飲んだ。

（京都・波戸辺のばら）

邯鄲の闇を点滅するスマホ

9月25日　藤の木古墳記念日

今日の季語　金木犀《きんもくせい》

四枚切りのイギリスパン二分の一枚。ヨーグルトブルーベリージャム添え。嫁ちゃんからプレゼントのヨーグルトメーカーに牛乳と種を入れて八時間。二人で三日分ほどになる。ジャムはブルーベリーをお取り寄せして夫が作ったものだが粒々がかなり残っていて美味しい。クリームチーズ一欠け。牛乳コップ一杯。オレンジ、キウイ、シャインマスカットの盛り合わせ。果物は毎日欠かせないが去年からこのシーズン、シャインマスカットにはまっている。三粒も食べれば口の中に爽やかな味と香りがひろがる。

（京都・山本みち子）

金木犀少女の足あと消えてゆく

9月26日　小泉八雲忌

今日の季語　小鳥来る

今朝はフルーツグラノーラ（茶碗一杯分）に牛乳を加えたものにカットフルーツを載せいただく。これはもう五年位続けている。しっかり噛まないと駄目なので、顎の筋肉も鍛えられ、腹持ちも良く、午前中は充分持つので重宝している。用意も実に簡単なので、家内にも「手軽で良いけど飽きないの？」と問われるが、美味しいのと時間がかからないので、朝はグラノーラと決めている。最近は多種多様な味のものも出ていて、選択肢も増え買う楽しみも交え、随分楽しんで食している。

（大阪・林光太郎）

小鳥来る季節感無き十五階

9月27日　世界観光の日

今日の季語　稲刈り

普段はパン食だが新米のこの時期は和食。白米一杯。味噌汁一杯。温泉卵。青唐煮。ちりめん山椒。糠漬。宮崎沢庵。米はマキノのコシヒカリで脱サラし専業農家になった後輩の作。味噌汁は昆布とイリコの出しに麩、油揚げ、南瓜、乾燥もずく、プチトマト、葱入りの具沢山。湖北マキノは水が良いためか米も野菜もとても美味しい。時々お米のおまけの様に無農薬の野菜が起き抜けの玄関に置かれている。マキノから我が家まで二時間かかるが毎日四時起きの気のいい後輩は早朝に来て黙って置いて行く。

（滋賀・林せり）

稲刈るや妻の弁当届くころ

9月28日　パソコン記念日

今日の季語　草の花

予定が何も入ってないので、今朝は二度寝。涼しくてよく眠れた。朝ごはんは薬と一緒に食卓に置いてある。バナナ一本とヨーグルト一個。バナナダイエットをしているのだ。林檎ダイエットをしている時もあった。その時は林檎一個で十分だった。一方、バナナ一本になってからはヨーグルトも食べる。少し量が足りないのだ。体重計には毎日のっている。ダイエットを始めてから二kgは減ったが、それからがなかなか減らない。ダイエットの道は険しい。

（京都・林田麻裕）

草の花ブランド服は着ない主義

9月29日　招き猫の日

今日の季語　鶏頭《けいとう》

炒め野菜の保存食。最近の我が家の流行。焦がし焼きした茄子、茹でたもやし、ドレッシングを千切りキャベツに載せ、タッパに入れて冷蔵庫に保存する。白ご飯に合う。「脱炭水化物ナントカ」はやめた。朝に白ご飯をドシッと取ると、気分が落ち着くし力も出る。お通じもよい。プラス、タンパク質。この日は焼きサンマの残り、ウィンナーの残り、豆乳。徒歩で通勤路に出ると近所の二〇代前半のOLといつもタイミングが合う。一〇分ばかり、ささやかな幸せに浸る。

（兵庫・早瀬淳一）

鶏頭に人工衛星きらきらと

9月30日　くるみの日

今日の季語　雁《かり》

すこし肌寒い。うんと濃く淹れた紅茶にミルクをたくさん。半熟に茹でた卵（熱々）。ヨーグルトにドライフルーツのイチジクをひとつ落とす。イチジクの細かい種子が口中でじゃりじゃりとする。誤って砂粒でも混入している感覚。分かっているのに、噛むたび身構えてしまう。甘くない。旨くもない。朝から何故、食べては身を固くせねばならぬのか。こんなものはうち捨てて、そうだレンゲのハチミツでも買ってこようではないか、と思いつつ朝が来るとまた、ヨーグルトにイチジクをひとつ落としている。

（東京・原ゆき）

重なりて小皿大皿雁の空

10月1日　共同募金

今日の季語　神無月《かんなづき》

ライ麦パン一枚を焼いて、食物繊維増。通販で買う野菜ジュースをグッと一杯で、コレステロール減。それにブレンドコーヒー、ほぼノンカロリー。このコーヒー、三〇年以上同じものを飲んでいる。夫の勤務先裏の店で、毎月特売日に夫が買ってきてくれていた。夫は異動で勤務場所が変わっても、特売日にはその店へ寄ってくれた。昨年、その店が閉店し、本店に当たる店が営業を引き継いだ。本店は遠い。それで特売日には一・五kgを宅配してもらうことになった。毎月多かったり少なかったりする。

（滋賀・山本純子）

トモジラガ浜べに飛ぶよ神無月

10月2日　豆腐の日

今日の季語　新米

若狭の友人から新米が届いた。玄米で送られてきたから、近所のコイン精米機で精米して、朝昼晩と三食、新米を楽しんでいる。今朝はこの新米に、梅ひじきとちりめんくぎ煮、コーンスープ、それに胡瓜の一夜漬けを添えて食した。梅ひじきとくぎ煮は進物として戴いたもので、京都のわらびの里とあり、新米のふくよかな舌触りをさらにまろやかにし、思わず「ふむ、ふむ」とうなり声が出るほどだった。…実はこの玄米、もう一人の友人にも送られ、彼はこう言った。「ヤツんとこの米、真っ黒やないか」

（岐阜・阪野基道）

新米を炊いてイマジンほのかに、さ

10月3日　亥の子餅

今日の季語　茸《きのこ》

先ず、具だくさんの味噌汁。南瓜、茄子、玉葱、薩摩芋、椎茸、長葱、豆腐、麦味噌で香り付けに柚子入り。次に煮物。蒟蒻《こんにゃく》、里芋、人参、蓮根、大根、手羽先とこれも具だくさん。こんな事は滅多にない。後は、無糖のヨーグルトとバナナ中ほどを一本。食事の前には、漢方薬の「続命湯」を煎じて飲んでいる。去年、脳梗塞を患って（一年を優に過ぎたが）からの疲れがとれず、漢方薬局をやっている友人に相談して調合してもらっている。泳ぎもカラオケも何とかこなしてます。

（愛媛・東英幸）

ラジオから茸料理の知恵一つ

10月4日　十五夜

今日の季語　初冠雪

ピザ（マルゲリータ）一枚。ヨーグルト、ブルーベリージャム添え。無花果一個。柿二分の一。カルシウム強化牛乳、カップ一杯。ピザは進々堂製。焼き上がりに出合えば買う。大きさも程よく、あっさりとシンプルで朝の手抜きに最適。チーズがとろけるくらいに温める。ブルーベリーは毎年の手製。食卓から西山の南の半分が見える。今朝は谷筋もすっきり。窓から見る西山で一番好きなのは雪の朝。年に数日しかないが立派に見える。浅間山が本当の山だよという友よ、今朝の浅間はどうですか。

（京都・火箱ひろ）

ピッツア沸々初冠雪はまだですか

10月5日　レモンの日

今日の季語　百舌鳥《もず》

白湯一杯。味噌汁に南瓜、葱、卵、煮干し出しでこれも食べる。食パン一枚（知人の庭にあるグレープフルーツの手作りジャムぬり）。月見おはぎ一個。昨夜は十五夜だったので栗餡を作り、もち米にまぶした手作り。二〇個作ったので我が家は四個、娘の家へは一六個。牛乳一杯。ミカン一個。ブラックコーヒー一杯。朝一番に庭の花々とメダカを覗き、朝食の支度をしながら、テレビをつけ、新聞三紙に目を通しつつ食事。このながら族、行儀が悪いとは思うが、もう緩やかになってもいいかと自分を許す。

（大阪・陽山道子）

百舌鳥鳴いてゆるゆるゆるり夫と妻

10月6日　国際文通週間

今日の季語　月

一〇月六日はノルウェーデイ。山羊のミルクから作ったノルウェー産キャラメル味チーズ、ヤイトオストを食べるだけなんですが。中学生の頃、ノルウェーの人類学、海洋学者で探検家トール・ヘイエルダールの「コンティキ号漂流記」を読み感動した話を過日、友人に話したらプレゼントしてくれたのです。沸騰した湯に入れ、六分茹でた卵。黄身がトロリ絶品。ライ麦パン。コーヒー店お勧めの豆を挽きブラックで。キウイ一個。因みにこの日はヘイエルダールの誕生日。こじつけ食を楽しんでます。

（大阪・平井奇散人）

ご先祖は水軍の妻居待月

10月7日　長崎くんち

今日の季語　秋祭

乳酸キャベツ。プチトマト。醤油漬けゆで卵。フランスパンの上にとろけるチーズと、植木鉢から摘んだバジルを載せたもの。珈琲。乳酸キャベツは、先日テレビ番組で紹介されていて「胃腸を整え美肌や免疫力アップに」の言葉に惹かれて今回挑戦した。キャベツと人参の千切りに少量の塩と砂糖を揉みこみ発酵させる。レシピの「室温に三～六日置く」が怖くて涼しくなるまで待った次第である。今朝、調理はしていない。作り置きおかずと材料そのままだけである。楽ちん楽ちん。過去の私よありがとう。

（兵庫・平林ひろこ）

扱き解く弁天小僧秋祭

10月8日　寒露

今日の季語　新酒

茹で卵一個。サラダ（レタス、人参、トマト、玉ねぎ、パプリカ、ハム）オリーブ油と愛用のビネガーで。カマンベールチーズ一切れ。葡萄（竜宝）八粒。ミルクティーをマグカップ一杯。トースト一枚にいちじくジャム。このジャム、嫁いだとき義母が「少し焦げたけど…」と作ってくれた。怪我の功名！　この焦げがなかなかの酷を醸し、以来私もちょっと焦がし気味に作る。家人二人を送り出し遅い朝食。FMラジオを流し新聞を拡げ至福のひととき。遅咲きの空色西洋朝顔が、フェンスにそよいでいる。

（大阪・福岡貴子）

うん？の顔ああ！の顔して新酒かな

10月9日　体育の日

今日の季語　運動会

食パンのヘタ、半分に苺ジャム。半分にはクリームチーズを塗った。パンのヘタやミミが好きなのだ。かつてはこの部分だけを袋詰めで売っていたが、近頃は見かけない。残念なことに。人参のきんぴら、これは残り物。孫の一人が人参大好きっ子で、いつの間にか我が家の定番になったもの。他にはトマトジュースとヨーグルト。連れ合いには蒸し野菜と白粥とを用意。二人だけなのに起床時間が五時間もずれるため、朝食準備が二回になる。早い方の私は空腹もいいところ。とても待ってはいられない。

（大阪・ふけとしこ）

大漁旗町旗に校旗運動会

10月10日　魚の日

今日の季語　木の実

夫は毎朝四時起床で、六〇〇〇歩の散歩を終えると炊飯器のスイッチを入れてくれるのだが、朝食は六時半なので待ちどおしくてたまらないようだ。私は具沢山の味噌汁を作る。今日の具は里芋、小松菜、若布、そして豆腐だ。納豆には細かく刻んだ貝割ととろろ昆布を入れたが、更に夫が胡麻を擂《す》って入れ、ネバネバ納豆が完成した。白米一杯と味噌汁一杯。緑茶二杯。鮭ほぐし、味付海苔、白子の大根おろし、自家製の生姜の甘酢漬と梅干だ。デザートはバナナ、リンゴ、柿を仲よく半分こ。今日は総選挙の公示日だ。

（愛知・藤かおり）

からころとトタンの屋根に木の実降る

10月11日　ウインクの日

今日の季語　烏瓜《からすうり》

白米、納豆、サラダ、茄子の漬物、赤出し。ブリューゲルの「バベルの塔」の展示期間が今週末に迫っている。今日は開館時間前の朝一番で観に行くと決めていたから、朝食への意識が二の次になるのは仕方ない。サラダは、レタス、若布、薄切玉葱、それに何かしら一品を載せるという我が家の定型。今朝はベーコンを焼く間さえ惜しく、季語ともいうべきトッピングを省いた。それから、コーヒーと先日名古屋駅で買った「うなぎパイ」。ふと、このパイの断面を見て、伝説の塔の重層構造を想像してみるのだった。（大阪・藤井なお子）

天まで届くはずだつた烏瓜

10月12日　芭蕉忌

今日の季語　林檎

今日は食パン一枚、ウィンナースープ、りんご二切れ、りんごジュース。あと三ヶ月したら私は、お母さんになる予定。でも妊娠してからずっと安静を強いられていて、今は実家近くの病院に入院中。というわけで、病院で食べる朝ごはんだ。毎朝、少し果物が出てくる。掲示板に貼られたメニューは「季節の果物」と書かれているので、配膳されるまで、何が出てくるのかはわからない。実はここ数日、オレンジとりんごが替わりばんこに出てくる。一度、梨が出てきた時は思わずにっこりしてしまった。（大阪・藤田亜未）

りんご剝く体は母乳出す態勢

10月13日　サツマイモの日

今日の季語　啄木鳥《きつつき》

妻の留守中のせいか皆寝坊。支度が楽なパンの日でよかった。長女にはバターを塗ったカリカリのトーストを。次女にはハムをのせてマヨネーズで「ゆ」と書いたイングリッシュマフィンを。飲み物は果物が多い野菜ジュース。私は焼きの浅いトーストにはちみつで「2」と書いて、アイスコーヒーと一緒に。食パンは山型。耳から食べると進まないのでちぎって中から食べる。子どもたちを学校に送り出し片付けながら、静かさと共に物足りなさに気づいて、目に入ったバナナの皮を立ったままむく。

（兵庫・藤田俊）

啄木鳥のよそ見つむじが三つほど

10月14日　鉄道の日

今日の季語　栗

今朝はどんよりとしていたので目覚めが遅れ、朝ドラを見ながらの朝食となった。妻がパン党なので長年それに付き合っている。厚切りの食パンを妻と半分ずつ。軽くトースト。植物油のマーガリンを塗る。それとヨーグルト。ブルーベリーのジャムとナタデココ数粒を入れる。ジャムはブルーベリーと取り寄せグラニュー糖とレモン果汁で作る。牛乳とトマトジュースは各コップに一杯。今朝は林檎の気分。林檎半分と巨峰を五粒。林檎はサンふじがシャキシャキとして旨いが出回るのはもう少し先だ。

（京都・藤野雅彦）

午後二時は栗剝く時間妻は留守

10月15日　人形の日

今日の季語　芒《すすき》

ボクは金魚の蘭鋳プク輔。餌係の朝食は、マモン特性二一品目入りヨーグルトにクルミパン一つとミルクティー。彼女はボクたち金魚と同類さ。おなかが空いて一日が始まるんだ。一日の食事で最も朝食が好きなんだって。それで朝食を食べないと何も動けない。ボクたちが必死に催促をしても、素知らぬフリして「みんなで合唱しているの？」ってとぼけるんだよ。ボクたちを相手にしてくれないときは、線路の向こうのバアバの芒原まで目を細めて眺めている。ねえねえ、そろそろボクたちにも餌を！。

（徳島・船井春奈）

芒にも芒の言い分芒原

10月16日　世界食糧デー

今日の季語　秋思

雨。窓の外には榠樝《かりん》が青く濡れている。まず、紅茶を一杯。紅茶は、地元の茶所東白川村のべにふうき。ＴＶからはティラーソン国務長官の北朝鮮への平和的圧力発言。孫子の兵法の「戦わずして勝つ」を思い出す。それから、黄色が美味しそうな小松菜入りオムレツ。チンと鳴ったら、焼き上がったＰａｓｃｏの超熟トースト二枚の内一枚半（半分は妻のもの）に、雪印北海道バターを付け、その上に粒あんをたっぷりのせて小倉トーストに。うまい。最後はバナナ入りブルガリアヨーグルトで、「行ってきます」。

（岐阜・武馬久仁裕）

あてもなく春夏は過ぎ秋思あり

10月17日　カラオケ文化の日

今日の季語　野菊

炊きたての新米を茶碗一杯。これは幼なじみのM君が丹精込めた飛騨の激うま米。味噌汁の実は掘りたての里芋でこれも市場へ毎朝出荷している句友が下さった物。味噌はいつも赤出しだが、今日は大分のフンドーキンという不思議な名の麦味噌で驚くほど薄味だが美味しい。そして胡瓜のぬか漬け。胡瓜と蒟蒻は二大好物で年中食べるがもっと肉や魚も摂れと長男が心配する。締めに世界一のスーパーフード飲料を三〇㎖摂る。高価だが蒲《ほ》柳《りゅう》の質な私でも効率良く抗酸化物質をゲット出来る優れ物らしいのだ。（岐阜・星河ひかる）

鍵かけぬ田舎暮らしよ野菊晴

10月18日　統計の日

今日の季語　渡り鳥

チオビタゴールド三〇㎖一本。九時三分の梅田行きに乗らなくてはならない。着替えをしながら何度かに分けて飲んだ。夕べ寝るのが遅くなったのは、韓国語を熱心に続けている友人の訳した短編（『鶴』黄順元《ファンスンウオン》）を校正していたから。会報に使わせてもらう予定で水墨画のイラストも入れるとそれらしくなった。今日は須磨離宮公園に行く。家族でも遠足でも行った。私は庭園の大噴水が好き。海も見える。リクエストをきいてくれたYちゃん、Sさんに感謝。出来たての『鶴』を二部、印刷して持って行った。（大阪・星野早苗）

フラフープまはす子のゐる渡り鳥

10月19日　バーゲンの日

今日の季語　相撲

六枚切りのパン一切れをトーストにしてバターを塗り、スライスチーズを置いて、卵のうす焼きを置いて、トマトを置いて、その上にマヨネーズを少しおとして思い切り大きな口をあけてかぶりつく。それと牛乳一本。一年中で一番多い朝の定番である。今朝もそれを食べた。食後は柿。つやつやと美しい。これは奈良の親類から送られてきた平種柿。種のないあわせ柿である。それから少し考えてこれもまた、いただきものの栗饅頭を一個食べた。甘いものを制限されているので、これはすこし後ろめたかった。

（京都・本郷すみ）

泣き相撲顔の崩るる方が勝ち

10月20日　新聞広告の日

今日の季語　秋の暮

平日の朝は忙しい。分刻みのスケジュールで準備をして仕事に行く。とはいえ子供の頃から遅刻しそうでも朝食を必ず取る家だったので、ぱぱっと食べられるパン食が多い。パン、ヨーグルトか果物、飲み物。飲み物はその日の気分で選ぶ。今日はロールパン二つ、柿一つ、蜂蜜レモン入りの温かい紅茶。秋になると何故だか紅茶が増える。今日の天気と星占いを見たらちょうど食べ終えた。満タンではないけれど一日のスタートを切るだけのエネルギーを注入した感じ。今日も一日頑張れそうだ。

（大阪・松永啓子）

秋の暮レトロ喫茶の読書会

10月21日　あかりの日

今日の季語　松茸《まつたけ》

納豆をのせた胚芽パン一枚。パンは自家製である。ザウアークラウトとブロッコリーの芽。無糖ヨーグルトにイチジクのジャムをまぜたもの。コーヒー一杯。締めはもぎたての柿二個。朝食が遅めなので、軽い朝ごはんである。発酵食品が健康的と信じて疑わない。単純な性格である。もう随分と一人の朝食である。新聞を食卓いっぱいに広げ、ゆっくりゆったりした時間が流れる。朝刊の一面に、「安倍政権五年に審判」の大きな活字。明日は衆議院選挙の投開票日である。

（兵庫・山本典子）

松茸が届きそうなる今朝のくも

10月22日　鞍馬の火祭・時代祭

今日の季語　女郎花《おみなえし》

トースト半切れ。酢とオリーブ油を大匙一杯ずつ。胡瓜と人参とミニトマトに胡麻ドレッシングのサラダ。納豆に生卵一個。ヨーグルトに豆乳をかけ、さらに蜂蜜を垂らす。牛乳半カップ。柿二分の一個。パンでなくご飯の時でも、おかず類は大差ない。毎日の習慣にしていることは、起き抜けの軽いヨーガとメダカの餌やりをはじめとして、朝一番にするようにしている。牛乳にコーヒーを加えて、それを飲みながら前日の日記を書く。備忘録程度のメモで、これも長年の習慣。大型台風二一号接近の朝。

（京都・山本幸子）

女郎花賢治を偲ぶ山の風

10月23日　霜降

今日の季語　鹿

大型台風の到来で息子の小学校は休校に。だが、さっそく晴れてきた。どうやって過ごそう。朝食はあさりのしぐれ煮おむすび二つとしじみの味噌汁。鯵の開き、柿とシャインマスカット。私はそれに紅茶をプラス。二人で近くのイオンのゲームセンターに出かけ大当たりした。使いきれなかったコインはキープして帰宅する。六〇日以内に来店がない場合は、コインがゼロになってしまうとか。それって、また来なさいってことだよね？　大喜びの息子と共に自分の中のギャンブラーの血に目覚めた日だった。

（三重・松永みよこ）

鹿のごと眠れる人に手を出さず

10月24日　国連の日

今日の季語　鵯《ひよどり》

自家製玄米（自然米）一合。「一日ニ玄米四合」（宮沢賢治「雨ニモマケズ」より）は今のところ量が多すぎる。梅干。納豆。味噌汁二椀。頭、腸を除いた鰯と昆布で出し汁をとった。生きている麦味噌と採れたての葱がうれしい。ほぼ完璧な半熟卵。甘酒一杯。米麹で作るのでノンアルコール。黒大蒜《にんにく》二粒。食前。頭を剃った後にバナナジュース。食後。芋と栗のあん入り生八ッ橋。台風二一号で立ち往生した関西みやげ。初摘みの緑茶。目指しているのは、あたまといのちが輝く発光生活。

（愛媛・松本秀一）

さざなみはさざなみのまま鵯《ひよ》が鳴く

10月25日　世界パスタデー

今日の季語　青蜜柑

温かいご飯（コシヒカリの新米）、味噌汁（越後味噌・米寿）に拘りを持つ。仕事を離れてより十数年、朝食はほぼ毎日私の仕事。小松菜など野菜、豆腐の味噌汁も不動だ。今日は納豆が加わる。週に一度は生卵に代わる。そんな日々から「卵かけご飯が好きで風薫る」の一句が生まれた。配偶者の気まぐれで時に、トーストにハムエッグ、野菜サラダの日もあるが、腹の納まりが不満で、昼は丼物が欲しくなる。先の戦中戦後の飢餓を体験した疎開児童にとって今は幸福な時代だ。

（東京・山中正己）

明日ありと思へば愉し青蜜柑

10月26日　柿の日

今日の季語　柿

クロワッサン一個。ヨーグルト。プレーンオムレツ。オムレツにケチャップで好きなプロ野球選手の背番号を描く。トマトの炒め物（炒蕃茄《ファンチエチャオ》）。広東の家庭料理でつくり方が簡単だ。柿、バナナ二分の一。フルーツは毎日欠かさず食べる。そして食べ終わるとすぐ食器を片づける。愛犬のトイ・プードルのモコ君をサークルから出して、彼を撫でながら紅茶をゆっくりと飲む。朝はあまり強くない私だが、彼の機敏な動きで、心身ともにスイッチが入る。新聞を読む。今日はドラフト会議。わくわくする。

（東京・三池しみず）

来世はパンダになって柿を食べ

10月27日　読書の日

今日の季語　霧

六時起床。居間のテーブルの上にあるのはかき揚げうどん二九八円税別二〇％引。野菜とハムのミックスサンド三一四円税別半額。宮城県蔵王産ミルクのグラタンコロッケ四個二九八円税別三〇％引。うーん、これだけか。七時。同じマンションの別室に住む次女を駅まで送る。ムスメはゴミ袋を提げて降りて来た。ゴミ出しは婿殿（専業主夫）の役目では？　そうか、婿殿はまだお目覚めではござらぬのか。それにつけても今日に限って亭主ご自慢手作り料理の数々が卓上にないとは…。あがつまはや。

（愛知・みさきたまゑ）

霧晴れて一〇〇円ショップのタオル干す

10月28日　パンダ上野動物園

今日の季語　草雲雀《くさひばり》

食パン二分の一枚。サラダ（レタス、キュウリ、トマト、ブロッコリー、ニンジン、リンゴ、ハム、ドレッシング）。ヨーグルト（寒天とブルーベリージャム入り）。ミルク紅茶。本日の食パンは、なんばウォークの「グーテ」で買ってきた、自家製天然酵母パン。かなりバターがきいているのだが、おいしいのでたまに買い求める。ブルーベリージャムは、古文書解読教室仲間で吉野の住人、上田さんの自家製。上田さん宅では「こんにゃく作り」も体験した。出来たてのこんにゃくも、実においしい。

（奈良・水上博子）

草雲雀今朝の卵は荒みじん

10月29日　第一回宝くじ発売

今日の季語　夜長

カフェオレ一杯。いつも休日の朝ごはんはこれで済ます。つい五分前まで、私は夢の世界にいた。今は本当に現実なのだろうか。生々しい情感が残っている。詳細をたぐり寄せて解析しようとしても、うまくいかない。今朝の夢は、私の手をすり抜け姿を隠してしまった。常に、夢は現実に刻まれ、現実は夢に刻まれる。そんな時、温かい一杯のカフェオレは、モザイクな私をかき混ぜて乳化してくれる。

（愛知・水木ユヤ）

長き夜に夢ばかり見てエマルジョン

10月30日　香の記念日

今日の季語　芋

ブラックコーヒー。バタートースト。目玉焼き。ヨーグルト+ブルーベリージャム。長年和食であったが、食べず嫌いのヨーグルトの味を知ってからパン食になって一年ほどになる。

朝食後のヒマ爺はチャリンコで近くをぶらつく。広沢の池の西側に広がる嵯峨野路には、収穫を待つ里芋の大きな葉っぱが風にゆれている。それにあわせて、ヨタヨタと行くヒマ爺のチャリンコは危なっかしいが、ここは見晴らしのよい農道であるから、まあまあ大目に見ていただこう。

（京都・山本直一）

芋の葉ゆらりりん爺チャリよたりん

10月31日　ハロウィン

今日の季語　吾亦紅《われもこう》

水と牛乳のあと、ブルーベリー、バナナにアマニ油と蜂蜜入りのヨーグルト。食パンに蜂蜜。林檎と柿。カカオ九五％のチョコ一個。そしてコーヒー。今日の御馳走は日の出。季節の果物以外、三五〇日、金太郎飴のように変わらぬメニューである。夫との時差二時間で、一人でゆったり過ごす時間に、このシンプルさが体に合っている。ジャンボ機が伊丹空港に降りて行く。お腹に入った物が、そろそろ動けと知らせる。青空を味方にして今日の活動を開始する。

（大阪・山本佳代）

吾亦紅捜し求めて空の青

冬

11月

12月

1月

リフレッシュ

陽山道子

農家の朝は冬でも早くて寒い。

大きな家の暖房は囲炉裏、堀炬燵、竈《かまど》、石油ストーブだが、それらを一度に使うわけではなく、天井も高いのでおいそれとは暖かくならない。

そんな中で母は、竈でご飯を炊きながら居間の拭き掃除や土間を掃く。味噌汁を作りながら干物を焼き、子ども四人の弁当と朝食の用意をする。そのころ（六時半）わたしたち子どもは起き出し、家族七人で朝食をとる。ささっと食べ終えた母は洗濯にかかる。風呂の残り湯があればいいのだが、無いときは手を切るような真水で洗濯板と盥《たらい》で洗う。母の手は皹《あかぎれ》がいくつもあり、家事を同時進行でこなし、それから農作業をするのだった。

こんな時代の朝ごはんのメニューは一年中ほとんど変わらなくて、味噌汁の具が季節の物に少し変わるぐらいだった。その後、教師と結婚したわたしは生活環境がガラリと変わり、豊かで便利な時代になっていくのを体現しながら、よく働いてきた母と比べて楽な暮らしをしてきたと思う。そして今も元気で、九九歳になる母はいつもにここにこしていて、愛おしくて頭が下がる。

現在、我が家では子育ても終わり、連れ合いが定年退職した。時間ができたので散歩をかね、六時半から開く喫茶店で、時々、モーニングをする。コンビニのおにぎりとお茶で田んぼの農作業小屋の前に座って食べたこともある。この時は持ち主がやってきて不審がられ、にっこりと挨拶した。また、サンドイッチとコーヒーを買って森へドライブをした。一度だけ奈良ホテルの「朝がゆ」をめざして大阪の北から奈良市まで早朝ドライブもした。豪華な朝食！　もちろんいつもは居間のテーブルで、新聞をそれぞれに広げてテレビを見ながらの朝食。

今、わたしが一番気に入っているのは、ミニミニの庭のテーブルでコーヒーとパン、果物などの朝食。自分で育てた花々や緑の垣根、街路樹の欅《けやき》を見上げながらメダカに餌をやり、雑誌を見たり、垣根の向うの歩道を歩く人たちを静かに眺める。そんなゆったりした時間が好ましい。が、その時間を連れ合いは「軽井沢する？」と言ったりするので「シーッ！」と咎めることもある。

日常の暮らしに、時々アクセントをつけリフレッシュする。ささやかな楽しみを一つでも多く見つけることができたら、幸せになれるのではないだろうか。

11月1日　十三夜

今日の季語　霜月《しもつき》

通勤の朝の起床は五時半。連れ合いが老犬の散歩に行っている間に朝食の準備。バナナ半分、林檎四分の一に自家製ヨーグルト。これは島根の親戚から分けてもらった株に牛乳を継ぎ足し一〇年近く作り続けているもの。酒漬けのクコと胡桃を砕いたものを上に載せハチミツをかけて食べる。「超熟」食パン、セロリと人参を煮つけたスープ（昨夜の残り）。コーヒー。加えて、昨年人生初の入院生活をした連れ合いは四錠の薬と牛乳。テーブル下の老犬はバナナと林檎の欠片をもらえるのを辛抱強く待っている。

（東京・三宅やよい）

霜月の日だまり好きでこの犬は

11月2日　唐津くんち

今日の季語　紅葉《もみじ》

午前八時、Sから電話。「Nとポンポン山に登る。一緒に行くなら高槻駅九時三四分発、中畑行バスに乗れ」。快晴だ。「行くー」。大急ぎで顔を洗い、パジャマからハイキング用の服に着替え、小物をリュックに放り込み、シェーバーを使いながら食卓の上にあったコップ一杯のミルクを飲み、バス、JRで高槻駅へ急行。コンビニで弁当、ペットボトル、バナナなどを買い、息せき切ってバス停へ。無事乗車。市街地を出て空いてきたバスの中で、SとNの冷たい視線の中、朝食のつづき。バナナ、缶コーヒー。

（大阪・宮嵜亀）

晩メシだみやげは紅葉一枚だ

11月3日　文化の日

今日の季語　ななかまど

はちみつトースト一枚。カフェオレ（砂糖なし）。イチジクヨーグルト。バナナ一本。はちみつは蜜柑の花のはちみつで、松山産。産直市で買った。ねっとりと濃くて、ほのかに蜜柑の風味がする。安い外国産とは味わいが全く違う。蜜柑はちみつは中でも、故郷の蜜柑山の花のはちみつが私の一番のお気に入り。このはちみつを使ったシロップは香りと風味が最高で、夏にみつ豆用に祖母がよく作ってくれた。今は、のどが痛い時にしょうが紅茶やレモネードに入れて楽しんでいる。

（愛媛・三好万美）

ななかまど最初はグーで鬼を決め

11月4日　ユネスコ憲章記念日

今日の季語　蚯蚓《みみず》鳴く

小豆入り栗ご飯、青葱のぬた、イワシのすり身揚げ、柿。今朝犬の散歩に行き、近所の家庭菜園で長身の男性をみつけた。犬は、尻尾を振りクゥーンクゥーンと飛びついていった。「おおテュノンおはよう、よしよし」。犬にあやかり、朝食は全て長身の佐々木氏から頂いた。栗ご飯は炊きたて、イワシのすり身も揚げたてで奥様のお手製。ほとんどが、家庭菜園でとれたもの。柿の木も栗の木も背が高い。葱はまさにズボッと抜きたての目にしみる緑色。土がついたままぶら下げて帰ってきた。

（滋賀・村井敦子）

便箋の罫みどりいろ蚯蚓鳴く

11月5日　いい林檎の日

今日の季語　猪《いのしし》

エチオピア・モカコーヒーのブラックをマグカップに一杯。フルーティな酸味が特徴。朝はいつもコーヒーを淹《い》れることから始まる。十六穀ごはん（茶碗に軽く一杯）。焼き塩鮭。梅干一個。鶏と野菜の塩麹スープ。亥の子餅一個。これは昨日の妙満寺「月の会」で頂いたもので、初めての味かも。さて今年の私のビックリニュースは血管年齢。なんと一八歳！「奥様は魔女」「おくさまは一八歳」等のかつてのTV番組がぐるぐると頭の中でミックスされる。「凸凹駅伝」で青学大三位。これは今日のニュース。

（兵庫・村上栄子）

千年後おくさまは魔女猪《しし》を食う

11月6日　一の酉《とり》

今日の季語　晩秋

膝の手術の為入院生活をしている。外科病室の朝ごはんは、牛乳二〇〇㎖、食パン八枚切り二枚、マーマレード二五g、卵マカロニサラダ、ほうれん草ソテー、フルーツカクテル缶である。病院食は美味しくないと言うが私にとっては豪華な朝ごはんである。同室の患者も不味くて食べられない等と言う人は誰もいない。ただ八枚切りの食パンが曲者で無理して食べる人や残す人がいる。栄養士が来て六枚切りの食パン一枚に変更可能との事。八人部屋の私を含め殆んどの人が六枚切り一枚に変更した。

（東京・村上ヤチ代）

晩秋の外科病食を完食す

11月7日　立冬

今日の季語　冬に入る

キノコの炊き込みご飯。野菜スープ。レバーの生姜煮。独り住まいの食卓は同じ物が続く。あ、良い事考えた！　野菜スープを豚汁に変身させよう。炊き込みご飯は金沢で買った大振りのお茶碗。はみ出んばかりに「笑」の字が書かれている。豚汁は古道具屋で見つけた団栗の蒔絵の蓋物。レバーは女性作家の小鉢に二切れ。これをお気に入りのお盆に乗せ窓の近くに。お食事って、何を食べるか以上にいかに食べるかが大切。などと理屈をこねてみる。あ、今日から冬。温かい豚汁とご飯にほっとしている。

（大阪・川添光代）

おめかしの君の手と頰冬に入る

11月8日　ふいご祭

今日の季語　山茶花《さざんか》

テニスの予定が雨で中止。ゆっくりと仏様の花の水替え、お茶をいれる。その間、人参、キャベツ、冷凍保存のレンズ豆を順次ゆでる。オリーブ油、塩、こしょう、青レモンを搾る。松山の友人にスケッチにともらった形のいいレモンだ。牛乳入りふわふわ卵、りんごとバナナのヨーグルトあえ。コーヒーが沸く頃、トーストが焼き上る。熱々にバターを少々。久しぶりに何もない一日。こんな日こそと、近くの人を呼びお茶の時間。町内会長を賜り、主婦にも強くなった夫も加わる。町屋に民宿が増えたこと等が話題。

（京都・室展子）

山茶花や白猫ふわりと戻りくる

11月9日　一一九番の日

今日の季語　時雨《しぐれ》

インスタントコーヒーに砂糖を少々入れて飲む。いつもの事だが、今日は五種のフルーツケーキを半分。レーズン、クランベリー、パパイヤ、パイナップル、アップル入りのパウンドケーキである。よくスーパーで買うものだ。セブンイレブンで買って来たおむすび二個と三種類のおかずセットをつまむ。かしわ・しそわかめのおむすびと、卵焼き、ウインナー半分、それに鶏の唐揚げがそれぞれ一個のおかずとセットになっている。ミニサイズがトレンドなのだ。最後にカボチャサラダも一口楽しんだ。

（山口・森弘則）

時雨だなかじりかけだがドーナツだ

11月10日　トイレの日

今日の季語　短日

この日は稀有なことに老母を東京に招待した朝。ごはん、みそ汁、オムレツ（母は歯が悪い。鶏ミンチ、玉ネギなどが入って栄養満点）、ポテサラ、柿、牛乳コーヒー（私のはどこのより美味しいらしい）。冷凍しておいたマンゴーもあったが出し忘れた。昼は銀座で寿司でも食べる予定。私は老母が土産にくれたちりめん山椒も食べた。亡父が入院中に私の土産のわさび漬を喜んでくれたのが嬉しかったっけ。八〇歳なら生涯朝食数は三万。亡父は及ばなかった。いつか夫婦で三万回目を祝いたいなあ。

（京都・森山卓郎）

短日や婆ちゃん今夜何食べる

11月11日　折紙の日

今日の季語　霜

昨夜の豚汁を火にかける。二歳の娘にはこれにうどんを投入して出す。娘は小食だ。だが麺類は割と食べてくれる。小食の件をプレ幼稚園のおばあちゃん先生に相談したところ「今は頭が成長していて、頭の中がいっぱいなんです。あなたも恋をして胸がいっぱいの時はご飯も喉を通らなかったでしょう」とのこと。心配する私の気を軽くする為だったのかもしれないが、妙に納得。だがまだ少し気になる。巧妙に野菜を避けすする娘のうどんに少しでも大根や人参のエキスが絡みついているように見守る。

（東京・諸星千綾）

湯気食べるように豚汁霜雫

11月12日　京都嵐山紅葉祭

今日の季語　鶴

直径一五cm厚さ二cmのホットケーキを一枚。日清フーズ製箱入りふわ厚ホットケーキミックスに卵一個と豆乳二分の一カップを混ぜて焼いたもの。同封の袋入りのシロップをかける。ただただ幸せな気持ちで満たされる。ブラックコーヒーを一杯。京都小川珈琲の一杯用のドリップパックで淹れたもの。二年程前から愛飲している。他社のパックの豆が一杯分七～八gなのに対し、小川珈琲は一〇g。まさに香り高く深い味わいである。朝、一杯のコーヒーで一日のスイッチをオンにきりかえる。

（兵庫・やのかよこ）

風は止みつがいの鶴はダンスする

11月13日　空也忌

今日の季語　鷹

長芋と若布の味噌汁。新米ご飯一杯。出し巻き卵。菠薐草《ほうれんそう》の胡麻和え。梅干（小梅）一個。緑茶一杯。食後に柿半分とカフェオレ一杯。五時半から夫のお弁当と朝食作りを始める。味噌汁には柚の皮の香りを添えた。具の長芋は、北海道にいる従兄が送ってくれたもの。粘りがあっておいしい。寒くなると温かいご飯と味噌汁が恋しくなる。夫が六時半に出勤すると、愛犬チャチャが八二歳の母を起こしに行く。七時過ぎから母と私と食いしん坊チャチャの朝食タイムである。

（兵庫・藪田惠津子）

鷹渡る見えないものの見える空

11月14日　パチンコの日

今日の季語　ラグビー

今朝の朝ごはんには、ハムエッグを作ろうと冷蔵庫から卵を取り出した。その時、ふと昨日テレビで観た映画「ひまわり」のオムレツを思い出した。新婚の二人が二四個もの卵を使って大きなプレーンオムレツを作っているシーン。若い頃に観て感動した映画だったが、この幸福なシーンはすっかり忘れていたのだった。そんな訳で懐かしい「ひまわり」に触発された感じの朝ごはんになった。四個の卵で作ったプレーンオムレツ半分。チーズトースト。コーヒー。林檎。蒸し大豆とレタス、トマトのサラダ。

（京都・藪ノ内君代）

ラグビーのくんずほぐれつ空の青

11月15日　七五三

今日の季語　七五三

スムージー（小松菜、バナナ、リンゴ、牛乳少し）をコップに一杯。そこに健康のためにリンゴ酢大匙二杯をプラス。トースト一枚の上にジャム、スライスチーズをのせる。チーズの端をちぎって横に座って待っている柴犬（なつ）にお裾分け。ヨーグルト一五〇g。これもなつの小皿に少し分ける。コーヒー二杯。豆は朝の気分で数種類の中から、今朝は「トラジャ」にした。コーヒーを飲みながらアーモンドと胡桃をつまむ。なつには燻製の鮪キューブを一個、また一個とやりながら一緒に食べるのが楽しみだ。（大阪・山岡和子）

蹴とばせば動く青空七五三

11月16日　録音文化の日

今日の季語　石蕗《つわ》の花

俳人たるもの食卓には春夏秋冬の旬の食材をふんだんに並べての、はずだけど、僕の朝食が今日も含めて二〇年近くコップ一杯のトマトジュースなのはまあ理由を聞いていただきたい。まず、長年独り身の人間にそんな凝った料理は手に余る。さらに、敏感な腸の持主ゆえに通勤途中でももしもの事故が恐いのである。以前読んだ随筆で、毎年会う同窓会の仲間が年老うごとに一人二人と他界していくのだが、ふとその作者は「朝食をとらない習慣の奴から先に亡くなる」事実に気づいたとのこと。さて、僕は？（東京・山岸八馬星）

ままごとの妻と同じ名石蕗の花

11月17日　将棋の日

今日の季語　落葉

店内で作ったほやほやのウィンナーロールパンと、バナナ、サラダとコーヒー。京都駅構内地下二Fパン屋「ヴィドフランス」のモーニングが、今日の私の朝食だ。ワンコインでお釣りのあるお得感。パンは四種の中から、飲み物などの選択も。神戸の自宅を朝六時に出た。家では蜜柑二つと、梅干入り白湯を飲んできた。京都駅七時半着。七時半の開店とともに入店。一人自由にモーニングを食べる幸せ。束の間の一日フリーを満喫するための京都の日帰り旅の始まり始まり。ちなみに、わが家では毎日純和食。

（兵庫・山口久子）

貴船鞍馬のパワースポット落葉踏む

11月18日　二の酉

今日の季語　熊

朝からしっかり雨が降っている。随分寒く、できるなら冬眠したいと思う。昨日、風邪をひいたようだ。窓辺を離れて、とりあえずお湯を沸かす。白湯を飲みながら、何か食べないとと思う。いつもはご飯だが、頂き物の食パンがあったのでスライス。焼いてオリーブオイルを少しかけた。コーヒーはブラック。ゆで卵一個。ずっと昔の喫茶店のモーニングの感じだ。6Pチーズ一個。愛媛の段畑みかん一個。あなたの食べた物が、あなたの体を作ります、という言葉を考えつつも、野菜割愛。

（奈良・山田まさ子）

飼育員自転車で来る熊の腰

11月19日　一茶忌

今日の季語　枯蟷螂《かれとうろう》

今日は日曜。久しぶりにのんびりとした朝食だ。厚切りのトーストとハムエッグ。妻は片目だが私のは両目。もちろん私が作る。珈琲豆はマンデリン。ここ数年の愛好。バタートーストには時々「江戸むらさき」を塗る。今朝は試しに「松坂牛しぐれ煮」を載せたが、やはり海苔には勝てない。これは先週、本居宣長記念館に立ち寄った松坂で買った物。それにしても宣長の博覧強記には驚く。しかも本業の医術を全うしながらの古典研究。一級の人物とはこういうものかという思いを苦味の強い珈琲で流しこむ。

（千葉・赤石忍）

枯蟷螂左にナイフ右に箸

11月20日　炉開き

今日の季語　蕪《かぶ》

パン、サラダ、夫がクックパッドでレシピを探して作ったスクランブルエッグ、コーヒー、の朝ごはんである。九月の末に夫が、職を辞し、朝ごはんの風景が一変した。今までの慌しい、テレビの電車の遅延情報と時刻を横目に、機械のように流し込んでいた朝ごはんが、ゆっくりと雲の流れるようなひと時となったのである。今日一日の予定を考えながら、秋の朝日を浴びている。通勤電車の通過する音、登校する子供の声、それにはじめて気づいたような今日この頃である。

（神奈川・赤木めぐ）

蕪《かぶら》蒸《む》し時の経つのが速くなり

11月21日　近松忌

今日の季語　水鳥

ここ六年献立はほぼ同じである。今冬は野菜が品薄の為物足りないが、地場産の野菜を置いている三店を巡り、何とか間に合わせている。トマト・胡瓜・レタス・ブロッコリー五種の蒸し豆・干し葡萄を散らしたポテトサラダ・ハム、食パンにはクリームチーズと徳島の木頭村の柚子を使ったマーマレード、林檎はシナノスイート。それらを、島の紅葉とそれを映す海、その海に漂う鴨達を眺めながら一時間ほどかけ、ゆっくりと食べている。その御蔭か体調は良好、この朝食と野菜に感謝である。ごちそうさん。（徳島・赤坂恒子）

水鳥の水脈金色に十重二十重

11月22日　小雪

今日の季語　木枯《こがらし》

寒くなると朝目覚めていてもなかなか起きられない。今朝もそんな朝だ。ペットボトルに入った無糖珈琲がまだあるので、そのままコップに注ぐ。フルーツミックスヨーグルトを用意。食パンを一枚小型オーブンで、焦げ目を薄く軽めに焼く。それにヴァージンオリーブオイルをつけて食べる。同時に珈琲もヨーグルトも飲み食べ、さらにバナナも一本食べる。今朝は昨日買った富有柿が残っていたので、半分食べる。同時に新聞を読みながらの朝食。会社勤務の頃に比べゆっくりできるのがうれしい。（京都・秋山泰）

勝手口出ていったまま木枯

11月23日　勤労感謝の日

今日の季語　鯨

今日は勤労感謝の日、久し振りに朝食を作る。イタリアフェスで買ったトルティーヤを温め、自家菜園のサラダ菜と薄くスライスしたレッドオニオン、生ハムにモッツァレラチーズ、その上にサルサソースとサワークリームをのせて巻く。コーヒーは今出川輸入食品のブルーマウンテン。頃合をみて夫がリンゴを剝く。最近私だけ皮ごと食す。キウイも半分、食物繊維が豊富なので庭に植えたがまだ実をつけない。三年前から花は咲くようになったのだけど。後はバナナシナモンのヨーグルト。普段は何もしない。

（京都・明星舞美）

空を飛ぶ鯨地を這う兵士

11月24日　オペラ記念日

今日の季語　葱

金曜日、さあ！　今日を乗り越えられれば楽しい週末！　ここ数年の私の気に入りの過ごし方は、ランニング、バレエレッスン、ビールル。といった休日。ともあれ今の大事は今朝のご飯。私の冬の朝食、まずは、ゆずティー。これで風邪ひき無し。そしてマドレーヌか和菓子。季節の到来ものがあると朝のテンションも上がるというもの。今日はなんと、アンリ・シャルパンティエのフィナンシェ。妹から届いた亡母への供物なんですけどね。ちなみに、実家の朝食は和食。お味噌汁には四国葱、薄揚げ、豆腐。

（兵庫・朝倉晴美）

新居来て母のたまいて「葱違う」

11月25日　OLの日

今日の季語　枯野

夫はパン食、私はご飯食である。夫は五枚切りの食パン一枚を焼き、上に卵焼きとハム、チーズを載せたもの。味噌汁（若布、じゃがいも、人参、玉ねぎ）。出しは羅臼の昆布と花鰹、鯵削りから取ったものである。その他昨夜の夕食の残りの、野菜の煮物（蓮根、さつまいも、かしわ、舞茸、人参）を私と一緒に食べる。私は御飯三分の一膳と、卵焼き、味噌汁は夫と同じもの。デザートは有田みかん一個、りんご二切れ。最後にカフェオレ、カップ一杯。夫は好物のコーヒーをカップ一杯飲む。

（大阪・杏中清園）

枯野道京都タワーの明かり映え

11月26日　ペンの日

今日の季語　セーター

トマトのリゾット（チーズ、玉葱、トマト、鶏肉）。トマトは、とまと学校で研修を受けて、野菜を作り始めたS君が段ボール一杯送ってくれたもの。沢山あるので、生で食べるだけではなく、いろいろ用途を考えるのは楽しい。サラダ（レタス、ミニトマト、粉チーズ）、玉葱ドレッシング。夫の手作りヨーグルト。コーヒー一杯、ミルク入。デザートは、秋映《あきばえ》（りんご）一個を夫と半分こ。日曜日は、食べながら予定も決める。「今朝は霧だったから暖かくなるぞ」「佐川美術館の浮世絵、今日までじゃない？」

（滋賀・川島由紀子）

絶望をくるむセーター湖晴れる

11月27日　出雲大社神迎祭

今日の季語　海鼠《なまこ》

間もなく一二月。と日々思っていたら、気分はすっかり年末になってしまった。

朝はいつもほぼ同じだから習慣のように冷蔵庫から諸々取り出す。溶いた三個の卵に牛乳二匙位と若布とタラコの振り掛けを混ぜ込んだ。二枚の皿に、人参、もやし、キャベツの茹でたもの、煮たピーマンにツナ缶を混ぜたもの、ハム二枚ずつ。オムレツを半分ずつ。チンした薩摩芋を刻み入れたヨーグルトに蜂蜜一匙。六枚切り食パン半枚のトーストにゴマペースト。牛乳。テレビは今朝も長々と相撲界の話。

（東京・池田澄子）

怖くて食べたことない海鼠いま旬の

11月28日　税関記念日

今日の季語　白鳥

映画の話で恐縮。二昔前に観た「日の名残り」は忘れ得ない。これ程に静かで悲しく華麗な作品は他に有り得ないと思った。先月、その原作者にノーベル賞決定とのニュースは嬉しかった。さて本題の朝食、だが本日は「特版英国風日の名残りメニュー」とする。薄切りトースト、ベーコンエッグトマトソテーに、紅茶、牛乳。「日の名残り」のファンである事を祝してワイン。朝からのベーコンエッグは胃に堪える。しかし今朝のワインは心と体に優しく沁みた。

（大阪・一門彰子）

恋人は阿修羅白鳥わたりけり

11月29日　いい服の日

今日の季語　茶の花

朝六時。カーテンのない部屋はまだ暗い。もう目は覚めている。布団の中でグズグズしているのは身体が動かないからだ。起きられないのだ。じっとしているのも楽ではない。七時まで待つ。それが一回目のクスリの時間だから。何も食べず六錠一気に飲みこむと、一五分程で身体が動き出す。朝食はプリン。カボチャプリンだとうれしい。私はカボチャが好きなのだ。ヤクルトがあればヤクルトもうれしい。今朝はふつうのプリン一ケだけ。腹へった～。

（東京・伊藤五六歩）

茶の花や我が身の石の磨かるる

11月30日　鏡の日

今日の季語　小春日

クロワッサン。昨日大丸に行ったのでポールボキューズで買った。バターたっぷりのお気に入り。ポテトサラダ。昨夜の残りにりんごを追加。今朝はポテトサラダというより、りんごサラダ。カフェオレ。家事はなんにもしない夫だが、毎朝コーヒーだけは淹《い》れてくれる。りんごと蜂蜜を入れたヨーグルト。りんご狩りに行った人からいただいて、今我が家はりんごがいっぱい。朝は、定番のコーヒー以外にトマトジュースかヤクルトかバナナジュースか粉末の青汁を飲む。今日はトマトジュースを飲んだ。

（京都・井上曜子）

小春日の恐竜の足跡追いかける

12月1日　映画の日

今日の季語　師走

フレンチトースト。不思議な食物。まず「クレイマー、クレイマー」を思い出す。次に例のホテルのまるで卵焼きみたいなもの。美味だが残念な事に耳がない。僕はパンの耳が好きだ。家のにはきちんと耳がある。手早く焼いてちょっと焦げ目があったりする。それにメープルシロップをたっぷりかけて食べるのが良い。あわせるのはカフェオレだが、豆はブラジル、ミルクは明治、果物は青森の林檎、フィリピンのバナナにキウイ、今朝は到来の岐阜の柿、ヨーグルトは岩手産。なんとも多国籍なテーブルだ。

（横浜・今泉凡蔵）

師走市取的ひしめく鯛焼き屋

12月2日　日本人宇宙飛行記念日

今日の季語　顔見世

卵かけご飯茶碗半分、佃煮昆布、白菜の浅漬け、夕食の残り物の鰤大根、野菜室の整理を兼ねて林檎、トマト、生姜、人参、ほうれん草のスムージーを作る。コーヒーを淹《い》れるのは夫の役目、スムージーに自家製のニンニク黒酢を入れるのも夫。家庭菜園で失敗を繰り返した末に見事なニンニク（あくまで本人の見解）を収穫したこだわりは相当なものである。またそのうんちくが長い。生憎私はニンニクが苦手、うんちくも聞き飽きた。久しぶりの小春日和、さて気になっていた部屋の整理でも始めよう。

（京都・今城知子）

顔見世や村に農夫ら立つ舞台

12月3日　カレンダーの日

今日の季語　おでん

五枚切りトースト、一枚（ブルーベリージャム）。目玉焼き、一個。ブロッコリーとトマトのサラダ。りんご半分。ホットカフェオレ、マグカップ一杯。朝食は、殆んど毎日同じメニューだ。自分では、多過ぎず少な過ぎずとこれを何年も続けている。朝、起きるのがつらい。そうだ今日は、船団の友人Yさんが出演される男性合唱団「昴」のコンサートの日だ。船団の友人Nさん達と行く。「エイッ」と飛び起きる。二次会もあるそうで、楽しい一日となりそうだ。

（京都・北村恭久子）

B型の夫は友達おでん酒

12月4日　人権週間

今日の季語　風邪

夫が退職してからは朝食作りは夫の役割になった。いつもは簡単なサンドイッチの時が多いが、寒くなるとフレンチトーストを作ってくれたりする。食パンを溶き卵と牛乳の液に浸して一晩寝かせ、食卓のホットプレートで焼く。外側にはちょっと焦げ目がついていて、中はとろとろ、蜂蜜をかけて食べる。あつあつなのでとてもおいしい。夫は「フレンチトースト名人」ということになっている。あとはコーヒーとヨーグルト、バナナとブルーベリージャム入り。そして朝食のしめは四種類の薬。あー。

（京都・岩田むつみ）

風邪引きのゴリラのピーコお日様出たよ

12月5日　モーツァルト忌

今日の季語　鴨《かも》

前日かやくご飯を炊いた。その残りを食べようと、先にインスタントの味噌汁を作り、ジャーを開けたらなんとご飯が無い。横を見ればグラノーラの袋が。家族がこれを摂っているのは知っていたが、お菓子の様で私の好みでは無い。しかし味噌汁だけではたよりなく、皿に開けたグラノーラを口に放り込む。「甘い」し、ドライフルーツが歯につく。それを味噌汁で流し込むと「塩味」と「甘味」が、微妙に混り合う。はっきり言って不味い。二度とないなコレと思い家を出た。

（京都・植田かつじ）

魔女達の微笑み今日も鴨が来る

12月6日　音の日

今日の季語　返り花

厳密には朝昼兼用だが、今日最初の食事なので一〇時前でも朝食か。午前中に家を出て夕食までが長いので通常の昼食パターンで腹《はら》拵《ごしら》え。主食は一日一回の米食一膳。ヨメ差し入れの新米の炊き置きをチン。これまたヨメに貰った塩鮭を焼く。味噌汁は省略して、故郷の幼なじみが送ってくれた即席若布スープを。乾燥若布に小粒のアラレ入りで熱湯を注ぐと若布の香がきわだつ。たまたま頂きものが重なったが、あとは自己調達の大根おろし。外出予定の時間に合わせたこんな「朝ごはん」も月数回に定着した。

（大阪・内田美紗）

みぎひだり違ふ視力に返り花

12月7日　大雪

今日の季語　スケート

ソイラテ、フランスパン二切れ、ナッツ入りヨーグルト、林檎。毎朝カフェラテを飲んでいるが、最近牛乳を豆乳にかえてみた。朝の果物は必ず。今の時期は林檎が美味しいので毎日食べても飽きない。ヨーグルトも以前はフルーツヨーグルト系のものを選んで買っていたが、知人から勧められ、カルシウムが多く含まれているものを購入している。年齢とともに知らず知らずのうちに＋αを求めてしまっているのだろうか。だんだん寒さが厳しくなってきたので、朝食はスープにしてみようかと考えている。

（山口・内野聖子）

くるくるりスケート靴を追う子猫

12月8日　針供養

今日の季語　大根

ご飯一膳、丸干し三尾、みそ汁一碗、ぬか漬、豆乳一杯と我が家定番の「ニッポンの朝食」。でも今日は、なんとも寂しいような切ないような思いを味わっている。友人からもらった自家製味噌がついになくなってしまったから。八丁と白との合わせ味噌だが甘く懐かしい味わいと香りが絶妙で、出し汁なしでも旨味十分。今の季節は白ネギをザクザク切って放り込めば言うことなし。家人は「明日からのみそ汁、困るわ」と嘆いている。友人にはさり気なく過去形で「美味かったよ」とメールしておこうと…。

（京都・宇都宮さとる）

元カレとそぼ降る道を大根焚き

12月9日　漱石忌

今日の季語　雪

食パン一枚の半切れをトーストにして。紅茶（イギリスのテトリー）。高血圧の薬二粒、高脂血症の薬一粒。水。旅行にでも行かない限り、一年を通してほぼこの朝食である。冬になると食事中に紅茶が冷めてくるので、電子レンジで温め直すのだが、先日、買って三年ばかりのレンジが故障して、それができなくなった。五年保証の形になっていたので無料で修理できたが、この朝食のようにシンプルに生きているつもりではあっても、現代文明の有り難さを改めて痛感させられた次第である。

（京都・乳原孝）

真空の音して雪の降りつづく

12月10日　ノーベル賞授賞式

今日の季語　息白し

昨夜は夜更かししたので、朝昼兼用の遅い朝食になった。ヒジキご飯を茶碗に軽く一杯。中にはチリメンジャコと桜えびと胡麻入り、隠し味はオリーブ油だ。味噌汁は野菜の具だくさんを一杯。具には白菜と大根と人参を揃えた。飲み物はカゴメの野菜ジュースに琉球もろみ酢を混ぜてコップ一杯呑む。最後に明治ブルガリアヨーグルトに、バナナを二分の一本と普通のミカンを横に両断してばらし、そこにブルーベリージャムを小さじ一杯混ぜ込み、前日の徳島句会の記録を見ながら、木製さじで食べた。

（徳島・梅村光明）

一日の始まりだから息白く

12月11日　ユニセフ創立記念日

今日の季語　湯豆腐

和食の時はわたしが作る。メニューはいつも同じ。中性脂肪が高いので、オニオンスライスにポン酢を掛けたもの。納豆は、黒酢とゆかり（梅干を作った時の紫蘇の葉を乾燥させたもの）を加える。この日は油揚げと大根の味噌汁。鮭を切らしたので、サバ味噌缶。葉とうがらしの佃煮。雑穀入りのご飯一膳。ご飯を一口残してお茶漬けに。食後にヨーグルトはちみつ掛け。妻の実家から届いた富有柿。これらを朝七時半にＮＨＫの朝ドラ「わろてんか」を見ながら、妻と並んで食べた。

（東京・えなみしんさ）

湯豆腐を紙で切りたり寄席芸人

12月12日　漢字の日

今日の季語　日向ぼこ

久々の茶粥はサツマイモ入り、だし巻卵、かまぼこ、奈良漬け、千枚漬け、体が温まる茶粥は寒い朝にぴったり。奈良生まれの私は、おかいさんと呼ぶおかゆを小さい頃に、細かいおかきを入れたりしてよく食べた。ふと、茶粥はスペイン語圏の人たちに知られているのかが気になった。奈良に住む学生のブログでは奈良町《まち》の茶粥セットの写真がアップされ、消化が良いので普通は病気のときに食べるとある。間違ってはいないが複雑な気分。今日のトップニュースは、ノーベル平和賞授賞式での被爆者の演説内容。

（滋賀・ＳＥＩＫＯ）

マチュピチュのアルパカの毛と日向ぼこ

12月13日　ビタミンの日

今日の季語　白菜

今は「すぐきの新漬け」の時期である。今朝も炊き立てのご飯にちょこんと載せると味わい深い酸味と香りが口の中に広がった。さつまいもを具にした味噌汁もある。さつまいもは一月ほど前に孫が幼稚園で掘ってきたもの。数日前、幼稚園から帰ってくるといきなり「芋、食べごろだよ」と甘みの増したことを告げた。幼稚園で聞いてきたのか、少し驚いた。朝食のしめはやはり白菜の漬物。買ってきた白菜を妻が漬けたもの。お手伝いにと、孫が玩具のような包丁で切った。ふぞろいの大きさがよい。

（京都・太田正己）

孫の手に余る白菜のまるまる

12月14日　討ち入りの日

今日の季語　鰤《ぶり》

朝起きたら頭がぼーっとして熱がある。職場で風邪うつされたな…　上司に連絡して午前半休をもらう。午後は大事な打合せがあるのでそれまで休んでから出勤することに。食欲がないので、困った時のお吸い物を作る。お椀に鰹節と、とろろ昆布をたっぷり入れてお湯をそそぐだけ。まぜてからお醤油を数滴たらす。

一口すすると、おだしが体にしみる。おなかがぽかぽかしたところで、風邪薬を飲んでベッドに戻った。

（東京・紀本直美）

ぶりぶりととなえる子ども鰤を煮る

12月15日　年賀郵便特別取扱い日

今日の季語　綿虫《わたむし》

トースト一枚、牛乳入りコーヒー一杯、無糖ヨーグルト少々。忙しいので簡単に。トーストの焼き加減はちょっと濃い目で、那須の千本松牧場で買った発酵バターを載せて食べる。バターは溶けたものと、塊が残っているものが混在している状態が好き。とろけたバターの温かさと、塊の冷たさ両方を、舌先で存分に味わうのだ。食パンは四枚切り。本当は厚ければ厚いほど良い。八枚切りなんて紙を食べているみたいだ。以前食パン一斤を自分で二枚切りにしてみたが、大きすぎてトースターに入らなかった。

（東京・近江文代）

綿虫を崩さぬように吹いてやる

12月16日　電話創業の日

今日の季語　梟《ふくろう》

ホットミルク、胃薬三錠。今日は土曜日。ゆっくりと八時過ぎに起き朝食を取る。いつもはトマトジュースにオリーブオイルを垂らし温めて飲むが、トマトジュースは二日前から切らしている。昨夜は、毎月第三金曜日に開かれる句会の忘年句会。夜六時から乾杯で始まり会食となる。食事を取りながら、「袋回し」、「句相撲」などを楽しみ、最後は八一九（ハイク）円相当のプレゼントの交換。一〇時前に閉会し、それから二次会へ。少々飲み過ぎた。帰宅して飲んだ胃薬の瓶が朝の食卓にも並ぶ。

（大阪・岡清秀）

胃薬のスコーンと落ちて梟鳴く

12月17日　浅草観音歳の市

今日の季語　北風

松の実とベビーリーフのサラダ、バルサミコドレッシングで。舞茸、椎茸、エリンギ、シメジ、ゴルゴンゾーラチーズ、卵、豆乳と茸たっぷりキッシュは朝食にしては重いが、これは前夜の余りもの。次男の嫁さんの誕生日を我が家で祝ったのだった。ワインを少し飲み過ぎたみたい。水がうまい。肉も余っていたがこれは止めておく。セロリ、玉ネギ、人参、パセリのジュリエンヌスープ。これにパンにコーヒーなのだがバターの代わりに裏ごしのカッテージチーズ。今日は午後から句会。その後また飲むことに。（千葉・岡野泰輔）

北風と猫のあひだのペアガラス

12月18日　国連加盟記念日

今日の季語　火事

六枚切りトースト二枚。一枚にはブルーベリージャムを塗る。もう一枚にはスライスチーズを載せる。マグカップに砂糖入りインスタントコーヒーを作る。もう三〇年以上も続けている朝食の定番メニューだ。いや、二〇代の頃はスライスチーズではなくスライスハムだったのだが、一度傷んだものを食べてから、チーズにしたのだった。何も考えなくていいから、続けているように思う。結婚して子どもができてからは、八分の二個ずつのリンゴを食べるようになった。これは妻が剝いてくれている。（滋賀・岡野直樹）

きのうからいつも心に火事一つ

12月19日　日本人初飛行の日

今日の季語　寄鍋

ご飯茶碗一杯。豆腐の味噌汁。鱒の自家製粕漬け。蓮根と人参のきんぴら。大根おろし。食後にコーヒーの牛乳割りと蜜柑一個。蜜柑は「真穴」産。娘の職場の同僚の実家から箱買いしている。真穴地区は、佐田岬半島の付け根にある蜜柑産地。宇和海に面した南面の段々畑で育つので太陽と潮風の恵みを受けて甘い。この蜜柑、実は昨日着いた。娘の話によると、同僚の実家が「今年、岡本さんちはいいの?」と勘違いをしていたらしい。そのためか、箱の中には零れんばかりの大量の蜜柑が詰まっていた。

（愛媛・岡本亜蘇）

寄鍋が噴いて話も弾みけり

12月20日　日本初デパート開業日

今日の季語　冬休み

スムージーカップ一杯（小松菜、大根葉、人参、りんご、豆乳）。オートミールにミルクと砂糖をかけて深皿に。プレーンオムレツ（卵二個）。蜜柑二個。ミルク紅茶をお代わりして。いつもはトーストだが、寒い季節にはオートミールになる。最近は電子レンジで簡単に調理できる。お粥のような何だか懐かしい味がする。蜜柑は和歌山の妹が送ってくれる。和歌山の人は蜜柑を手が黄色くなるまで食べたが、最近はどうだろう。カリフォルニアにいる娘の朝食はシリアルと果物。効率的でよいのかもしれない。

（京都・小川弘子）

湖の名前諳んじ冬休み

12月21日　東寺終い弘法

今日の季語　忘年会

湯豆腐と雑炊。豆腐は徳島産の「うず潮きぬどうふ」。我が家の気に入りの豆腐である。昆布をたっぷり使った出し汁に、昨晩の残りの豆腐一切れと新しい一丁を足す。温まった豆腐を浅い皿に入れ、醬油に鰹節を入れただけのソースをその豆腐にのせていただく。湯豆腐を食べ終わると、その昆布出し汁を使って雑炊。湯豆腐に使ったソースで味付けをする。ご飯は数年続けている無農薬天日干しのもの。夜の仕事で家族と夕食がとれないため、こうして朝食に前夜のメニューを再現することがよくあるのだ。

（兵庫・小倉喜郎）

金魚たちは沈んだままで忘年会

12月22日　冬至

今日の季語　雑炊《ぞうすい》

大根と卵のみそ汁。ちりめんじゃこ。松本秀一さんが作られたお米の炊き立てご飯。おもち。梅干。青汁。黒ニンニク。

ひと月ほど前から、義母にいただいた黒ニンニクを毎朝、一欠片ずつ食べている。おかげで、予算編成の山場を迎え、残業続きの毎日でも、身体に疲れがたまらない感じがする。

今、昼食後のコーヒーを飲みつつ、一句をひねっている私は、今朝、雑炊を作らなかったことを後悔し始めている。今朝、作っていたら、残りを晩御飯にできたのに、と。

（兵庫・工藤恵）

万全の態勢で待つ鶏《とり》雑炊

12月23日　天皇誕生日

今日の季語　枇杷の花

休日はゆっくり起きて新聞を読みながら朝ごパンを食べるはずが、今朝は東京へ行く娘のために早起きをする。娘が慌ただしく出かけた後に洗濯機のスタートボタンを押し、まずは白湯を少々。そして昨夜焼いたふわっと感ともっちり感のあるパン生地のシュトレン三切れ。カフェオレ一杯。りんご二切れ。カスピ海ヨーグルトに輪切りのバナナ二分の一本とナッツ入りグラノーラをかける。糖尿病の家系だけれど、休日の甘い朝ごパンは至福のひとときだからやめられない。洗濯機の終了ブザーが鳴った。

（兵庫・尾上有紀子）

枇杷の花一喜一憂しないこと

12月24日　クリスマスイブ

今日の季語　鮟鱇《あんこう》

スパゲッティ、水を張った鍋に二時間位、漬しておくと茹でる時間が早い。調理の前近くのスーパーマーケットに夕食用の買物に行くが、クリスマス用のケーキと鳥料理が売場の大方を占め居心地が悪い。茹であがったパスタに明太子、納豆、鮭のフレーク、瓶詰のなめ茸をまぜまぜ、オリーブ油と刻み海苔、パルメザンチーズをかける和風、あきの風。二、三日前から風邪気味で、喉が痛い。緑茶と蜜柑を食後に。一日の朝食を書き出しただけだが、野菜類が決定的に少ないことに驚き。健康に齢を重ねたい。

（東京・折原あきの）

身に覚え無き罪鮟鱇吊し切り

12月25日　蕪村忌

今日の季語　クリスマス

少し厚めに切ったバタートースト一枚と目玉焼。飲みものは、いつもの小岩井の野菜ジュースと紅茶をそれぞれマグカップで一杯。それに昨日のイヴで残った手製のケーキ一切れ（老夫婦二人でもクリスマスケーキは食べる）。苺の重みでひしゃげかけているが、この生クリームは僕の労力の結晶でもあるので特に美味しい。初々しい苺の酸味と生クリームの相性が抜群。あとこれも残りもののマカロニサラダ。いつもの朝食より、残りもののおかげで少し多めの朝食。だからか、クリスマスプレセントはなし。（大阪・木村和也）

赤ちゃんを買うてと言うてクリスマス

12月26日　プロ野球誕生の日

今日の季語　手袋

白ごはん茶碗に一杯。豚汁二杯。納豆。明太子。焼き海苔。豚汁は、大根、里芋その他冷蔵庫の残り物整理のため、ほぼ毎日作る具沢山の汁物のひとつ。食後にブラックコーヒー一杯。りんご半分。りんごは小学生以来の友人が送ってくれる。切れば蜜が溢れ出る。「コレも皆、おかあさんのおかげです」。果物好きの夫がおどけてみせる。九時を過ぎての朝食もこれで今年最後。明後日から子どもや孫が来るのだ。爆弾低気圧とかで日本海側は大雪。こっちも寒いけど、まずはリビングから片付けなくちゃ。（奈良・香川昭子）

吊革に青い手袋きてとまる

12月27日　浅草仲見世記念日

今日の季語　熱燗

冷凍庫を漁っていると、賞味期限が二年以上過ぎた松前漬けが出て来た。母が親しくしていたキミちゃんという訪問販売員から年末に欠かさず買っていた漬物のお裾分けだ。僕が子供の頃から、キミちゃんが持ってくる聞いた事もないメーカーの食品や化粧品を次々に買い続ける母を不審にすら思った事もあったが、今なら少し分かる気がする。単調な生活に、福袋のようなささやかな贅沢とスリルを運んで来るキミちゃんを、心待ちにしていた母。解凍してご飯にかけた松前漬けは、あの頃の味のままだった。

（宮城・夏冬春秋）

熱燗を頼む指から老いてゆく

12月28日　御用納

今日の季語　餅

御飯、味噌汁（小松菜とわかめ）、ハムといんげん豆のソテー、レタス添え、自家製の大葉味噌、キウイフルーツ一個、明治おいしい牛乳（二〇〇㎖）一本、番茶。

朝食は七時ごろから、ＴＶニュース番組を観ながら。鹿児島の祖父は小さな私が薄紅色の丸餅が大好きだと母から聞いて事あるごとに送ってくれる。袴姿の祖父と四歳の私の写真は東京大空襲の夜、焼けてしまった。

（静岡・桐木栞子）

祖父様《ジジ》の紅い丸餅夢に見て

12月29日　シャンソンの日

今日の季語　シクラメン

粕汁。鶏ささみと豆苗のレモン塩麹炒め。ピリ辛の手綱蒟蒻。パイナップル入りサラダ。茶碗に軽く一杯のご飯。翌日から実家へ帰省するため、冷蔵庫の食材の整理をした。

粕汁は、里芋、にんじん、しめじ、鶏ささみ、蒟蒻、太ネギ、それに夫の好きな吟醸酒粕を溶き入れた。山椒の効いた七味唐辛子をかけるとほのぼのと温まる。蒟蒻は出石産の手作りで、蟹を食べに行った帰りに朝来の道の駅で買った。ふだんのサラダにクリスマスで余ったパイナップルとパクチーを加えると、何とエスニック風で美味。

（兵庫・川上響）

びろうどの羽で飛び立つシクラメン

12月30日　地下鉄開業の日

今日の季語　氷柱《つらら》

クリームパンひとつと珈琲一杯。珈琲は天神橋筋六丁目のサンワコーヒーで調達。キリマンジャロの豆をミルクで挽いてペーパードリップで淹れた。

そういえば、昨年の今日は百貨店でプリンとチーズケーキを販売。だけど、二四歳六カ月で退職を迎え、今日はゆっくり過ごしている。半年前の朝ごはんは牛丼だったが、それに比べると今はとてもリッチ。しかし財布はすっからかん。句会に出るにもお金がいるので、今日の句会は断った。本日は田中裕明の忌。

（大阪・川嶋健佑）

先生の手紙くる頃かも氷柱

12月31日　大晦日

今日の季語　大晦日

今日は日曜日。久しぶりに朝寝坊の老夫婦である。朝昼兼用のごはんは、お取り寄せの「超もち生パスタ」。電子レンジでチンして食べる。もちもち食感のフェットチーネに、アメリケーヌソースの濃厚海老トマトクリームが絡んで美味しい、との表示に偽りなかった。量的には少し物足りないので、買っておいた菓子パンとコーヒーで満たす。二年前から、昼間は孫を預かることになった妻のウィークデーは超多忙である。大晦日の今日、孫はいないが、食後はそそくさとお節づくりに取りかかる彼女であった。

（京都・川端建治）

青春の恋文のごと大晦日

1月1日　元日

今日の季語　睦月《むつき》

夫が年末年始に海外放浪旅行に出ているので、一人の正月の予定だったが、息子が帰省したので、きちんと正月料理を作った。おせちは二段重箱。お煮しめ、伊達巻、紅白なます、ブリ照焼などを手作り。元日の朝はお屠蘇を一杯。良い年になりますように。お雑煮は醤油のすまし汁。丸餅二個、大根、白菜、かまぼこ、そしてじゃこ天を入れる。じゃこ天からいいダシが出るので、愛媛に越してきてから定番になっている。家族揃って（犬含む）の遅めの朝食を終えた頃、ゴトンとポストに年賀状が届く。

（愛媛・河野けいこ）

振袖のたもとひらひら睦月かな

1月2日　初荷

今日の季語　雑煮《ぞうに》

八時頃に二日目の雑煮をつくる。今日は清まし仕立てだ。丸餅二個、扇蕪、梅花人参、竹の子、松葉昆布、スルメ、結びみつば。上にこんもりと糸鰹をのせる。これが勢いよく踊るとうれしい。やっぱり三ヶ日は何もかもが特別だ。お屠蘇に酔うぐらい許されよ。

実家は熊本の片田舎、二日はあんこ餅が入っていた。お正月の雑煮に関してはよそのものはよばれたことがない。少しずつ変わってこうなった。（ええ年の）吾が子等がこれをして「我が子供の頃は…だった」とか言うてはいまいな。

（京都・朽木さよ子）

京子さん熊さんおいで雑煮食お！

1月3日　瞳の日

今日の季語　福袋

正月三日、お節は殆ど食べた。最近は取り寄せ物で済ませている。賞味期限が気になり早々と片付けた。

何か作るのもめんどうだ。心身共に正月気分になっている。取りあえずお餅を焼いて砂糖醤油をつけ海苔を巻いて緑茶を啜《すす》りながら食べた。物足りない。茹で卵なら簡単だ。茹で時間は一三分。その間にコーヒーを沸かした。お餅一個、卵一個、緑茶、コーヒー。お正月とは思えぬ食事だ。来年、いや今年の年末はちょっとがんばって、お節料理作りを復活しようか思案している。

（大阪・久保敬子）

福袋開けたらあかん福袋

1月4日　官庁御用始め

今日の季語　福寿草

今日から始まる普段の朝ごはんだ。昨日まで食べたお餅のせいで胃が重たい。主人が大根おろしを擦って、白米の炊き立ての湯気が上がっているごはんに添える。妹がお煮しめを炊いて年末に宅急便で送ってくれた、その残りを今朝もいただく。餅が胃に凭《もた》れている時大根おろしが消化してくれる。主人から大根を植えて育てた自慢話をきく。

一昨日、親友が肺炎のため六三歳で亡くなった。政府は一〇〇歳時代を迎えると言っているのに。今朝は酒飲みだった親友の話で涙する。

（大阪・藏前幸子）

てのひらで幼児が遊ぶ福寿草

1月5日　小寒

今日の季語　松の内

朝食は雑炊。前日の夕食が鯛あらの鍋だったので、その残りで作ってもらった。具は溶き卵と葱、溶けてくたくたの白菜。アクセントに塩昆布、梅干など。ご飯に鯛あらの出し汁が沁みて美味しい。が、こまかい鱗が舌にささる。イテテ。

私も今日から仕事始め。午後からの勤務なので朝食の支度はお任せして、すこし寝坊した。後から食器洗いや洗濯を担当する。実家を出て二人暮らしをはじめて一ヵ月、近ごろ朝のリズムができてきた。これからいよいよ新しい年が始まる。

（滋賀・久留島元）

まだうつらうつら松の内のうち

1月6日　東京消防出初式

今日の季語　鏡餅

アップルパイ一切れ。近所のスーパーに併設のパン屋さんで買ったもの。これが中々の美味。最近我が家の人気物。今年は林檎がおいしいからかなぁ。紅茶一杯。ミルクと生姜をひとかけら入れて。この生姜のおかげか、この冬はまだ風邪知らず。料理で使った皮の部分を取っておいて使っている。その他にヨーグルト。みかんとナタデココの入ったもの。四つ、くっ付いていて、離す時にパキッと音がする。リーチ（文鳥）はその音にびっくりしてバタバタしていた。今でも「音がするよ」と言ってから切り離す。

（大阪・黒田さつき）

代々のあくびを映す鏡餅

1月7日　七草

今日の季語　七草粥

今日はホットサンドですよ、の声で起きると一〇時半である。カリカリベーコン、薄切りトマト、ほんのり甘いスクランブルエッグ、さらし玉葱、マヨネーズ少々。軽くトーストしバターとケチャップを薄く塗った食パンで、それらをサンド。最後にこんがり焼く。しばらく馴染ませ、十文字に切り、四分の一の大きさに。それを三つ食べた。昨晩の鶏だんご汁の残り。りんご。姉のたてたコーヒー。今日は正月休み以来、家族の揃う休日。こんなのんびりとした贅沢な気分の朝に、母はホットサンドを作る。

（愛媛・河野祐子）

わたくしと七草粥とファンタジー

1月8日　成人の日

今日の季語　風花

冬の朝は起きたくない。今日は祭日なので朝寝坊した。先ず緑茶を一杯飲んでひと息つく。それから豆腐と九条葱を入れた味噌汁で温まる。朝食にご飯を食べることがなく、あとは卵焼きと納豆。そしていつものスムージーは小松菜、りんご、バナナ、レモンとりんごジュース少々を入れて、ミキサーで作る。最後に自家製のブルーベリージャムをのせたヨーグルトを食べる。カレンダーを見て、あら今日は成人の日なんだと気づく。二〇歳の頃の朝食はパンと紅茶だったが、忙しくてゆっくり食べた記憶がない。

（大阪・小枝恵美子）

風花や警察船の出る港

1月9日　とんちの日

今日の季語　葉牡丹

お雑煮はすまし汁。餅一個と三つ葉などの青葉を入れたごくあっさりとしたものだ。大阪人だから本来は鶏肉や小芋、大根などと煮込み、白みそ味とするが、我が家は先祖の影響だろう。雑煮は好きだからよく炊く。他に卵焼き、かまぼこ、しいたけ、蓮根、筍など正月のお煮しめ。好物だから未だに作りおいている。他にご飯、沢庵、味噌汁、小鯵の干物など。味噌汁は今では一杯分パックの味噌に湯を注ぐととても美味しい味噌汁がいただけ、万々歳だ。

（大阪・中林明美）

葉牡丹や靴躓きてつまずきて

1月10日　十日恵比寿

今日の季語　初場所

生パスタペペロンチーノ（玉ネギ、ベーコン、きのこ、パプリカ入り）。コーンスープ。冬野菜のピクルス。くるみパン。バナナ、りんご入り自家製ヨーグルト。コーヒー。巷は十日戎《えびす》。我が家はイタリア。生パスタの製造元は、なんと香川県！（讃岐うどんを彷彿……）。茹でたてをガーリックオイル、粒マスタード、トリュフ入りペペロンチーノソースで。ピクルスは、大根、赤人参、蕪、胡瓜、干柿添えて初春の華やぎを。〝フェリーチェ・アンノ・ヌォヴォ〟（あけましておめでとう）―イタリア語―

（京都・コダマキョウコ）

天に星海に星初場所に星

1月11日　鏡開き

今日の季語　寒雀《かんすずめ》

朝飯前の公園の太極拳は妻の「体調不良」でキャンセル。飯の友の朝刊をと玄関を開けると、強い北風が顔面へ。竹藪が大きく波うっている。温暖な静岡にも寒波。

味噌汁は若布と白舞茸と小松菜。白舞茸のほわほわ感と小松菜のシャキシャキ感が新鮮だ。焼鮭は体に悪そうな辛さ。夕べのおでんを温める。農家からもらった太った大根が鼈甲色《べっこういろ》に。飯に載せ汁を絡ませ「アー旨い」。デザートは長崎産の「味まるみかん」。産地と名前にひかれて買った。香りはポンカン、味は濃密蜜柑である。

（静岡・後藤雅文）

寒雀百年経てばわかります

1月12日　スキー記念日

今日の季語　スキー

昨夜、「コウノドリ」で綾野剛のピアノ演奏の吹き替えなどで人気の清塚信也のコンサートがあった。カミさんと出掛けたが、すごい技巧だった。翌朝のパンが一人分しか残っていなかったのだが、演奏の余韻と寒さもあって買い物をせずに帰った。そんな訳で今朝のぼくはパンなし。今朝のコーヒーは先に起きたカミさんが淹《い》れてくれた。コーヒーを一杯飲んでから生ごみを捨てにいく。帰って朝食。明治ブルガリアヨーグルトカップ一杯。林檎二切れ、苺三粒。コーヒーをもう一杯。

（愛媛・小西昭夫）

ウエアーのいろいろスキー客若し

1月13日　一汁三菜の日

今日の季語　寒晴《かんばれ》

何てふとっちょコースな朝ごはん。昨日寒餅をついた。年末についた餅は、夫婦で食べたり、子どもたちが持って帰ったりしてすでにない。今回「うる餅」が好評だったので寒餅も「うる餅」にする。「うる餅」は食べやすい。小さな子どもにも安心だ。つくと言っても臼と杵でつくわけではない。ここ七、八年はガスで蒸した餅米を機械でつく。餅箱も木製からプラスチック製に替えたので扱いが楽だ。餅つきに関わる人員は二名で充分。すぐ終わる。さて、今日の朝ごはんは、黄粉餅、餡餅、大根おろし餅。

（京都・小西雅子）

寒晴がんばれトランペット吹き鳴らす

1月14日　タロとジロの日

今日の季語　山眠る

バナナの輪切りにヨーグルトをかけ、電子レンジで四〇秒温め、えごま油小匙一杯かけたもの（バナナもヨーグルトも温めた方がいいらしい）。昨晩作っておいた野菜たっぷりのシチュー。冬は温かいものがご馳走だ。パンにとろけるチーズとちりめんじゃこをのせてトーストしたもの。食後は空を眺めながらコーヒーを飲む。北には箕面の山々が見える。今日は教育を歪めたセンター試験二日目。退職してからも天気が気になる。素晴らしい寒晴れ。よかった。

（大阪・近藤千雅）

活断層じっとしたまま山眠る

1月15日　小正月

今日の季語　卵酒

今日はカミサンの誕生日、この年になると格段のことはない。今朝の朝食はいつもの通り六枚切りのトースト一枚、バターと林檎ジャム、私が淹れたミルクコーヒー。卵にミルク、ちりめんを少々加えたオムレツも私の作品。取り合せはポテトサラダと生トマト、そ れにホーレン草のゴマ和え、バナナは二人で一本を半分ずつ。最後はヨーグルトに蜂蜜のトッピングと腸内細菌のサプリメントを混ぜて出来上がり。テレビの番組が大相撲の初日の様子を盛んに論議しているのを見ながら。ハイ、ゴチソウサマデシタ。

（兵庫・齊藤隆）

年とるとアスピリンより玉子酒

1月16日　えんま詣り

今日の季語　雪女

今朝も激寒む。そんな時こそアツアツ味噌汁にもち麦入りのご飯が打って付けだ。もち麦は繊維質が多くお通じに良いと聞き、すぐに取り入れた。麦特有の匂いもしないし何せモチモチしていて噛み心地がすこぶるいい。一石二鳥の代物だった。漬物の白菜は秋に自分で苗を作り丹精込めて育て、それに昆布茶をまぶして漬けた自慢の一品である。大好物の厚焼き玉子、そして厚揚げ煮と味付け海苔。食後は香り高いカモミールの紅茶。お湯を注いだ瞬間にふわっと立ち上がる優しい香りに膝の猫もリラックス。

（岐阜・佐久間ひろみ）

ゲレンデにフラペ片手の雪女

1月17日　防災とボランティアの日

今日の季語　千枚漬

白ご飯一〇〇g。豆腐とワカメの味噌汁。卵一個のだし巻。鮭半切れ。昨晩の残りの大根の煮物。今が美味しい千枚漬。デザートはちょっと張り込んでイチゴ三個と冬みかん。

一月一七日は忘れられない日。平成七年阪神淡路大震災。さあ起きようかと思ったその時の揺れは、今も身体が記憶している。あの日の朝ごはんは何だったか思い出せない。あれからまだまだ天災は続いた。今朝の朝刊で又胸が疼く。体重と血圧を測って、毎朝の食事は、一日のエンジン始動の合図である。

（京都・佐々木麻里）

転んでも千枚漬は離さへん

1月18日　初観音

今日の季語　冬籠《ふゆごもり》

今朝は餅を食べた。そういえば、一〇年前の今頃は、修士論文の締切間近で、日昼夜、家に籠っていたのだが、締切日の朝に呼鈴が鳴った。まだ、書き終わっていなかったから、最初は居留守を使うつもりだったが、しつこく鳴る。名前を呼ぶ声もするので、諦めて出ると、お隣さんが、餅を片手に立っていた。「ついたのよ、よかったらと思って」。いつもなら少し会話をするが、頂くとすぐにドアを閉めた。悪いことをしたが、つきをもたらしてくれたのか、無事、論文は審査を通過した。

（東京・佐瀬仲五）

冬籠呼鈴やまずお裾分け

1月19日　のど自慢の日

今日の季語　マスク

グリコ脂肪分ゼロのヨーグルト九二g。カステラ三㎝くらいに切ったもの二切れ。調整豆乳とブラックのボトルコーヒーを半々で割った豆乳オレ小さめのコップで一杯。親戚からもらったカステラを食べきらなければならないため、カステラ朝食三日目。カステラは優秀な栄養補助食品。アスリートが試合前によく口にすると言う。今日は往復六〇〇㎞。高速バスで札幌へ日帰り出張。マスクをしてインフルエンザ対策も万全に、片道五時間。栄養が全身に巡りきった頃、札幌に到着するだろう。

（北海道・佐藤日和太）

カステラの巡る体にマスクかな

1月20日　大寒

今日の季語　冬の月

土曜早朝出勤。今日は気合の必要な業務。ところで、最近、我が家の食卓がおかしい。子供は「毎日御馳走だ！」と喜ぶが、これ、カミサンが年末クレージーに行ったふるさと納税の戦利品処理である。今朝はバームクーヘン。男の仕事の朝は白い飯だろ？　違う？味がしないと言うと、芳醇なバターの味が濃い、とカミサン。バターは甘味？　バームクーヘンの層をめくって砂糖を探しながら食べるが、やっぱり甘さゼロやん。いいか、甘味はゼロかヒャクだ。家を出ればまだ、空にほっそいお月さん。昼までおなか、もつかしらん。

（兵庫・塩見恵介）

甘くないバームクーヘン冬の月

1月21日　初大師

今日の季語　人参

小蕪と鶏肉のスープ。昨夜の残り物の大根と金時人参と柚子の膾《なます》、ほうれん草と春菊の胡麻和え。チーズをのせて焼いた食パン。
小蕪のスープは夫が作る。切った蕪とブロックベーコン、チキンブイヨンを水と煮る。あくを取る。鶏のもも肉を入れ、塩、胡椒で味を調える。食べる直前に蕪の茎と葉。緑が美しい。あく取りがちょっと面倒だが、超簡単、蕪はすぐ煮え、甘くて柔らかいと夫。感謝。結婚して四七年、家族四人から二人へ。二人暮らしの方が長くなった。食後に熊本の小みかんとコーヒー。

（京都・塩谷則子）

ゆっくりと老後熊本の長にんじん

1月22日　黙阿弥忌

今日の季語　冬木立

昨日の残りご飯一杯を納豆で。あとはヨーグルト一椀に輪切りにしたバナナを入れる。そして牛乳一杯。基本的に毎朝同じメニュー。朝食だけお米を食べていいダイエットをしているため、毎朝の納豆ご飯はごちそうである。
さて、本日は勤務先の学校が代休でお休み。本来ならゆっくり寝ていたいところだが、いつも通りの時間に起きて朝食を取っている。二歳の娘を保育園に送るためだ。いつもの妻の負担を軽くしてあげるため、というのは嘘で、担任のまりな先生に会えるチャンスを逃したくないのである。

（静岡・静誠司）

冬木立抜ければ待ってるさくら組

1月23日　電子メールの日

今日の季語　寒椿

今日は出掛ける予定もあるので、六時過ぎ、一人で先に食べることにした。ご飯（白）一杯。納豆。昨夜の残り物のロールキャベツ。ガラスープにホールトマトを加え、ハム、玉ねぎ、人参、しめじ、ピーマンと具沢山で煮たので今朝はよりおいしい。蕪の一夜漬と梅干一個。コーヒーは後で夫と飲むので紅茶を入れた。ここ数年、起床時間が早くなったので私だけのご飯の日が多くなりつつある。夕方帰宅すると、草津白根山の噴火のニュースが流れていた。三〇〇〇年ぶりだとか、只々茫然。

（滋賀・篠原なぎ）

かの山もかの川も真白寒椿

1月24日　初地蔵

今日の季語　昴《すばる》

厚めのフランスパン二枚、八朔のマーマレードは自家製、ヨーグルトにキウイ、夕食残りの南瓜のスープ、ブロッコリーの温サラダ少し、ホットレモン、コーヒー。地方都市の我が家は街の中心部だが、「一〇〇円入れて下さい」とあちこちに青空市場がある。本日の野菜、果物は全て青空市場のもの。不揃いだが、甘くて美味しいのは新鮮だから。都会暮しからリターンの利点は食にありかも。パズルを考えながら遅めの朝食。側のインコがピーピー。ベランダに来たメジロに窓越しラブコール。

（和歌山・清水れい子）

冬昴ふんぎりつけしことひとつ

1月25日　初天神

今日の季語　着ぶくれ

私の朝食はパンである。朝食を抜くなんて血液検査でもない限りあり得ない。テーブルをセットし冷蔵庫を開けるといつものプラケースに入ったラタトウィユがみつかる。これは古くからあるフランスの野菜の煮物だ。パプリカ（赤黄）、ピーマン、ナス、アスパラガスを角切りして煮込み、トマトソースで味付けする。私は冬の間はオイスターソースを使う。昨日今日の野菜高騰の折パプリカは一〇〇円で手に入りテーブルをカラフルにしてくれる。その上この料理一年中冷たいままで召し上がれます。

（大阪・白川由美子）

着ぶくれてペンギン歩きの婆ちゃん子

1月26日　文化財防火デー

今日の季語　冬銀河

お正月が過ぎ、食欲が出ない日がある。この日の朝食は、トースト、ヨーグルト、りんご、コーヒー。そして、乳酸菌ドリンクを加えた。ヨーグルトは、おせち料理の残りの黒まめ入りだ。この小さな変化が嬉しい。りんごも本当に美味しい。コーヒーは、いつもより慌てて飲んだので、ゆっくりと味わえなかったが、温まる。結局は、今日もしっかりと、朝食をいただいた。これで、良い一日にしたい。

（兵庫・城田怜子）

届くかな感傷ワルツ冬銀河

1月27日　国旗制定記念日

今日の季語　日脚伸ぶ

胡桃入り食パンに、スライスチーズをのせてこんがりと焼く。今朝はそのチーズトーストにレタスとハムを挟んだ。この取り合わせのさくっと感は好き。そして、夕べの炒め物少々。これは最近、ネットで見つけた「作り置きの出来る薬膳料理」というレシピで冷え性にいいらしい。鶏ミンチ、玉葱、セロリ、アスパラ、パプリカをオリーブオイルで炒め、塩胡椒、オイスターソース、シナモンで味付けする。多めに作っておくと手軽な朝食の一品になる。あとはコーヒー、林檎四分の一、苺三粒。窓に雪！

（京都・藪ノ内君代）

漱石と子規は友達日脚伸ぶ

1月28日　初不動

今日の季語　三寒四温

りんご半分、バナナ半分、苺五粒、くまモン印。ヨーグルトにはナッツと少しのシリアルをかけて。シリアルは時々コーンフレークスに変わる。今日は夫が買ってきてくれたチョコパンがある。戌年にちなんだ犬の顔のパンで、目は丸いホワイトチョコ。中のクリームはベルギーチョコでできているそうだ。かわいそうだけどナイフで切って、今朝は半分だけ食べる。それとポット一杯のミルクティー。私はお茶を飲みながら、窓辺の木瓜の花と、その向こうの東山を眺めて、昨日の日記を書く。外は雪もよう。

（京都・林豊美）

ランチへと三寒四温湖超えて

1月29日　昭和基地開設記念日

今日の季語　霰《あられ》

お寺で生活させていただいているので、御堂の仏様にお供えする「お仏飯」のために朝は必ずご飯を炊く。門徒さんが上げてくださるのは周りの田んぼで穫れたお米だ。あとはおみそ汁と佃煮や海苔くらいで、納豆や卵はあったり無かったり。たまに気合いを入れて得意のだし巻を焼いたりもするが、平日には難しい。せめておみそ汁くらいはと、具だくさんにして大ぶりのお椀で供する。今朝は大根の千六本と油あげ、大好きなえのき茸をフンドーキンの合わせみそで。汁物というより野菜料理みたいだけど。

（滋賀・佐藤香珠）

朝鐘を七吼《シチク》つく間の霰かな

1月30日　みその日

今日の季語　冬の大三角

当日はどんな朝ごはんになるかなと楽しみにしていたら、前日に妻から「明日、嵯峨野にもんじゃを食べにいかない？」と誘われた。ここのきりいかもんじゃはうまい。また、私は妻のソースの分量と焼き方には心から賛同している。行かないではいられない。というわけで今日は朝ごはん抜き。腹をすかせて食べたいのである。昨日の夕刊に、駄菓子の定番「梅ジャム」の生産が終わったと出ていた。都電が横切る東京下町の一角で作られていたそうだ。昔はもんじゃも駄菓子屋の奥でやっていたのだ。

（埼玉・佐藤森恵）

冬の大三角金庫がカチリ開く

1月31日　生命保険の日

今日の季語　春隣《はるとなり》

バタートースト一枚。天然純粋日本ミツバチ蜂蜜半スプーンをオン。コーヒー、マグカップ一杯。キーコーヒーの六種パックからトラジャブレンド。ブドウ糖キューブ一個。

北海道安平町のスモークカマンベールチーズ二〇g。とろーり、ほんのり、さすが「ふるさと納税」のお礼だ。地域の防災訓練を本気でやってしまって「痛い痛い」の足腰にしみいる優しさだ。干しプルーン一個半。六〇年来の朝食が激変、コーヒー党になった私。いつ何杯飲んでもグースカ眠れる不思議な体に変身！。

（大阪・中原幸子）

あっころぶシャンシャンころぶ春隣

編集委員

衛藤夏子（えとう・なつこ）
1965年生まれ。大阪府枚方市に住む。船団の会会員。
俳句とエッセー集『蜜柑の恋』。

鶴濱節子（つるはま・せつこ）
1949年生まれ。大阪府箕面市に住む。船団の会会員。
句集『始祖鳥』。

陽山道子（ひやま・みちこ）
1944年生まれ。大阪府箕面市に住む。船団の会会員。
句集『おーい雲』、俳句とエッセー集『犬のいた日』。

藪ノ内君代（やぶのうち・きみよ）
1953年生まれ。京都市伏見区に住む。船団の会会員。
句集『風のなぎさ』。

＊

坪内稔典（つぼうち・ねんてん）
1944年生まれ。大阪府箕面市に住む。船団の会代表。
著書に句集『ヤツとオレ』、エッセー集『柿日和』など。

編者紹介

船団の会（せんだんのかい）

船団の会は1985年に発足した俳句グループ。季刊誌『船団』，各地の句会，ネット上のホームページ「e船団」などを中心に活動している。現在の代表者は坪内稔典。

URL　http://sendan.kaisya.co.jp/

朝ごはんと俳句365日

2018年10月20日　初版第1刷印刷
2018年10月30日　初版第1刷発行

編　者　船団の会
発行者　渡辺博史
発行所　人文書院

〒612-8447　京都市伏見区竹田西内畑町9
電話　075-603-1344　振替　01000-8-1103

印刷・製本所　創栄図書印刷株式会社
装　幀　上野かおる
装　画　出口敦史

落丁・乱丁本は小社送料負担にてお取り替えいたします

ISBN 978-4-409-15034-4 C0092

http://www.jimbunshoin.co.jp

季語きらり100
四季を楽しむ

坪内稔典と池田澄子がえらぶ四季の名句
船団の会会員100のエッセーによる、あたらしい読む歳時記。豊富な例句付。

船団の会 編　本体一八〇〇円

俳句の動物たち

日本の動物たち／虫たち／水にいる動物たち／動物園の動物たち／人間たち、など121のエッセーで読むちょっと愉快な句集。
対談　坪内稔典×池田澄子　収録

船団の会 編　本体一九〇〇円

表示価格（税抜）は2018年10月